식탁 위의 봄날

휴머니스트 세계문학 026

식탁 위의 봄날

SPRINGTIME À LA CARTE

오 헨리 | 송은주 옮김

차례

일러두기

1. 번역 대본으로는 O. Henry, *Selected Stories*(Penguin Classics, 1993), *The Best Short Stories of O. Henry*(Modern Library, 1994), *The Voice of the City: Further Stories of the Four Million*(Dodo Press, 2008), *Heart of the West*(Barnes& Noble, 2009)를 사용했다.
2. 주석은 모두 옮긴이 주다.

마녀의 빵

마사 미첨 양은 길모퉁이에 있는 작은 빵집을 운영했다(계단 세 개를 올라가 문을 열면 종이 울리는 곳이다).

마사 양은 마흔 살로, 은행 통장에는 잔고 2000달러가 있고 의치를 두 개 해 넣었으며 동정심이 많았다. 마사 양보다 한참 부족한 사람들도 다 결혼을 했다.

마사 양은 한 주에 두세 번씩 들르는 손님에게 관심을 두기 시작했다. 안경을 쓰고 갈색 턱수염을 잘 다듬은 중년 남자였다.

그의 영어에는 독일 억양이 강하게 배어 나왔다. 옷은 해지고 여기저기 꿰맸으며, 주름투성이에 헐렁했다. 하지만 용모는 단정했고 예의가 발랐다.

그는 항상 묵은 빵 두 덩이를 샀다. 갓 구워낸 빵은 한 덩이에 5센트였다. 묵은 빵은 5센트에 두 덩어리였다. 묵은 빵 이

외에는 아무것도 사 간 적이 없었다.

한번은 그의 손가락에 묻은 붉은색과 갈색 얼룩이 마사 양의 눈에 띄었다. 그녀는 그가 찢어지게 가난한 화가일 거라고 확신했다. 틀림없이 그는 다락방에 살면서 그림을 그리고 묵은 빵을 먹으며 마사 양의 빵집에 있는 맛있는 것들을 떠올릴 것이다.

마사 양은 살코기와 롤빵과 잼, 차를 앞에 놓고 앉아 한숨을 내쉬는 일이 많아졌다. 그 점잖은 화가가 외풍이 새어 드는 다락방에서 말라붙은 빵 껍질을 씹어 먹는 대신 자신의 맛있는 식사를 함께할 수 있다면 얼마나 좋을까 싶었다. 앞서 말했듯이 마사 양은 동정심이 넘쳤다.

그녀는 진짜 그의 직업이 화가인지 알아보기 위해 하루는 할인 판매하는 것을 사서 자기 방에 걸어두었던 그림을 가져와 빵 판매대 뒤의 선반에 올려두었다.

베네치아의 풍경이었다. 아름다운 대리석 궁전(그림에서는 그렇다는 식이었다)이 앞쪽 땅 위에, 아니 물 위에 서 있었고, 곤돌라(배에 탄 귀부인이 한 손을 물속에 넣고 있는), 구름, 하늘이 그려져 있었고, 명암을 많이 넣은 화가라면 이 그림을 못 보고 지나칠 리는 없을 것이다.

이틀 후 그 손님이 왔다.

"묵은 빵 두 덩이 주세요."

"좋은 그림이군요, 부인." 그녀가 빵을 싸고 있는데, 그가 말했다.

"그래요?" 마사 양은 자신의 수완에 쾌재를 불렀다. "저는 정말로 예술을 대단하다고 여긴답니다(아니, 이렇게 일찍 '예술가'라고 말하면 안 된다). 그림도요." 그녀가 예술가 대신 이렇게 말했다. "좋은 그림이라고 보시나요?"

손님이 대답했다. "저 궁전은 잘 그렸다고 할 수는 없습니다. 원근법도 잘 안 맞고요. 안녕히 계십쇼, 부인."

그는 빵을 받아 들고 인사를 하더니 나가버렸다.

그렇다. 화가가 틀림없다. 마사 양은 그림을 다시 방에 갖다놓았다.

안경 뒤에서 그의 눈이 얼마나 다정하고 부드럽게 빛나던가! 넓은 이마는 또 어떻고! 원근법을 한눈에 판단할 수 있다니, 그런데 묵은 빵으로 버텨야 한다니! 하지만 천재들이 세상의 인정을 받기 전까지는 고생하는 경우가 많다.

천재가 은행예금 2000달러, 빵집, 동정심 넘치는 마음의 지원을 받는다면 예술과 원근법에도 얼마나 좋은 일이겠는가……. 하지만 다 백일몽일 뿐이에요, 마사 양.

그는 이제 빵집에 와서 진열장을 사이에 두고 잡담을 나누는 일이 많아졌다. 마사 양의 활기찬 대화를 바라는 듯했다.

그는 여전히 묵은 빵을 사 갔다. 케이크도, 파이도, 그녀의 맛있는 샐리 런•도 산 적이 없었다.

마사 양은 그가 점점 야위고 기가 꺾여 보인다고 생각했다.

그가 산 빈약한 것에 뭔가 맛있는 것을 더해주고 싶은 마음이 간절했지만 차마 행동으로 옮길 용기가 나지 않았다. 그를 모욕하고 싶지는 않았다. 예술가들이 자존심 강한 존재라는 것을 잘 알았다.

마사 양은 파란색 물방울무늬가 있는 실크 블라우스를 입고 판매대에 섰다. 뒷방에서 퀸스시드와 붕사를 섞은 비밀스러운 혼합물을 만들었다. 안색을 좋게 하려고 많이들 사용하는 것이었다.

하루는 평소처럼 그 손님이 와서 진열장 위에 5센트 동전을 놓고 묵은 빵을 달라고 했다. 마사 양이 빵을 꺼내려는데 요란하게 경적을 울리며 덜커덩거리는 소음과 함께 소방차가 천천히 지나갔다.

손님은 누구라도 그러듯이 문가로 가서 내다보았다. 그때 마사 양의 머리에 갑자기 좋은 생각이 떠올랐다.

판매대 뒤의 선반 맨 아래 칸에는 낙농장 주인이 십 분 전에 놓고 간 신선한 버터 500그램이 있었다. 마사 양은 빵칼로 묵은 빵을 깊숙이 갈라서 버터를 듬뿍 퍼 넣고 빵 덩어리를 다시 꼭 붙여놓았다.

바깥을 보던 손님이 돌아왔을 때 그녀는 빵을 종이로 싸고 있었다.

● 구워서 바로 먹는 달콤한 머핀의 일종.

평소처럼 유쾌한 잡담을 짧게 나누고, 그가 떠나자 마사 양은 혼자 미소를 지었지만 살짝 두근거리는 가슴을 진정할 수 없었다.

너무 대담한 짓을 했을까? 그가 기분 상해 할까? 하지만 그럴 리는 없다. 꽃말은 있어도 음식에 붙이는 말은 없었다. 버터는 미혼 여성답지 못한 주제넘음의 상징이 아니었다.

그날 오랫동안 그녀의 마음은 그 일에 머물렀다. 그가 자신의 작은 속임수를 발견하게 되는 장면을 상상했다.

붓과 팔레트를 내려놓는다. 흠잡을 데 하나 없는 완벽한 원근법으로 그리고 있는 그림을 놓은 이젤이 세워져 있을 것이다.

그는 마른 빵과 물로 점심을 준비한다. 빵 덩어리를 갈라보니…… 아!

마사 양은 얼굴을 붉혔다. 그는 그걸 먹으면서 버터를 넣어 준 손길을 생각할까? 그는…….

문에 매단 종이 깨질 듯 시끄럽게 울렸다. 누군가가 요란스럽게 들어오고 있었다.

마사 양은 서둘러 앞으로 달려 나갔다. 두 남자가 있었다. 한 명은 파이프 담배를 문 젊은이였다. 처음 보는 얼굴이었다. 다른 한 명은 바로 그녀의 화가였다.

시뻘게진 얼굴에 모자를 뒤로 젖혀 썼고 머리카락은 엉망으로 헝클어져 있었다. 그는 두 주먹을 불끈 쥐고 마사 양을 향해 거칠게 흔들어댔다. 마사 양에게.

"이런 멍청이!" 그가 목청껏 고함을 쳤다. 그러더니 '천치' 같은 말을 독일어로 퍼부어댔다.

젊은이가 그를 끌어내려고 했다.

그가 성난 목소리로 외쳤다. "난 안 갈 거야. 저 여자랑 얘기를 해야겠어."

그는 마사 양의 판매대를 북 치듯 내리쳤다.

"당신이 내 일을 망쳤어." 안경 뒤의 푸른 눈이 이글이글 타올랐다. "이 말을 해야겠어. 이 참견질 좋아하는 늙은 고양이 같으니!"

마사 양은 선반에 힘없이 기대 한 손을 파란 물방울무늬 실크 블라우스 위로 올렸다. 젊은이가 그를 잡아끌었다.

"가요. 이제 됐어요." 젊은이가 달랬다. 그는 성난 화가를 문가로 끌고 가서 밖으로 나갔다가 되돌아왔다.

그가 말했다. "왜 저러는지 말씀드려야 할 것 같아서요. 저 사람은 블룸버거라고 해요. 건축가지요. 우리는 같은 사무실에서 일해요.

석 달 동안 새 시청 설계도를 그리는 작업을 했어요. 상금이 걸린 대회예요. 어제 선을 잉크로 그리는 일을 다 끝냈지요. 건축가는 항상 도안을 연필로 먼저 그려요. 다 되면 연필선을 묵은 빵 조각으로 지운답니다. 인도산 고무보다 그게 더 나아요.

블룸버거는 여기에서 빵을 샀지요. 그런데 오늘, 부인, 그 버터가…… 망쳤어요. 블룸버거의 설계도는 조각조각 잘라 기차에서 파는 샌드위치로 쓰는 수밖에 없게 되었어요."

마사 양은 뒷방으로 갔다. 파란 물방울무늬 실크 블라우스를 벗고 전에 입던 낡은 갈색 서지 천 옷으로 갈아입었다. 그러고는 퀸스시드와 붕사 혼합물을 창밖의 쓰레기통에 쏟아 버렸다.

크리스마스 선물

1달러 87센트. 그게 전부였다. 그나마 60센트는 1센트짜리 동전이었다. '이렇게 짜게 굴다니 구두쇠'라는 말 없는 비난에 얼굴이 빨갛게 달아오를 정도로 채소 가게 주인이나 정육점 주인과 실랑이를 해서 한 푼 두 푼 모은 동전이었다. 델라는 동전을 세 번이나 다시 세었다. 1달러 87센트. 그리고 내일이 크리스마스였다.

낡아빠진 작은 소파에 몸을 던지고 엉엉 우는 수밖에 없었다. 그래서 델라는 그렇게 했다. 이렇게 보면 삶은 흐느낌과 훌쩍거림, 미소로 이루어져 있지만, 그중에서도 훌쩍거림이 압도적으로 많다는 생각이 든다.

이 집의 안주인은 첫 단계에서 서서히 두 번째 단계로 진정되면서 집을 둘러보았다. 매주 8달러의 세를 내는 가구 딸린 아파트 셋방이었다. 형용할 수 없을 만큼 형편없다고 할 정도는 아니지만, 꽤나 초라하기는 했다.

아래층 현관에는 편지가 들어갈 것 같지 않은 우편함이 있고, 아무리 눌러도 종소리가 울리지 않는 전기초인종 버튼이 있었다. 거기에는 '제임스 딜링햄 영'이라는 이름이 적힌 명패가 붙어 있었다.

'딜링햄'은 그 이름의 소유자가 주급 30달러를 받으면서 잘나가던 과거 한때에는 산들바람에 나부꼈다. 이제는 수입이 20달러로 줄었고, '딜링햄'이라는 글자는 주제를 알고 겸손하게 D.로 줄일 것을 진지하게 고려하고 있다는 듯 흐릿해졌다. 그러나 제임스 딜링햄 영 씨가 집에 돌아오면, 앞서 여러분에게 델라라고 소개한 제임스 딜링햄 영 부인이 그를 '짐'이라 부르며 포옹해주었다. 아주 보기 좋다.

델라는 울음을 그치고 분가루를 뺨에 발랐다. 창가에 서서 잿빛 뒷마당의 잿빛 울타리 위를 걸어가는 잿빛 고양이를 멍하니 바라보았다. 내일이 크리스마스인데 그녀에게는 짐에게 선물을 사줄 돈이 1달러 87센트밖에 없었다. 몇 달 동안 한 푼 두 푼 아끼고 모은 결과가 그것이었다. 한 주에 20달러로는 턱도 없었다. 예산보다 나가는 비용이 더 컸다. 항상 그랬다. 짐에게 선물을 사줄 돈이 1달러 87센트뿐이었다. 그녀의 짐. 그녀는 그를 위한 선물을 계획하며 행복한 시간을 보냈다. 뭔가 멋지고 귀하고 훌륭한 것, 짐 같은 사람의 소유가 되는 명예를 누릴 값어치가 조금이라도 있는 것이라야 했다.

방의 두 창문 사이에 큰 거울이 있었다. 집세 8달러짜리 아파트에서 흔히 볼 수 있는 그런 거울이었다. 거울은 좁고 길어서 아주 마르고 날렵한 사람이라야 자기 모습을 웬만큼 제대로 비춰볼 수 있었다. 날씬한 델라는 이런 기술을 잘 터득하고 있었다.

델라는 갑자기 창문에서 몸을 돌려 거울 앞에 섰다. 그녀의 눈은 밝게 빛났지만, 얼굴에서는 금세 혈색이 사라졌다. 그녀는 재빨리 머리카락을 풀어 아래로 늘어뜨렸다.

제임스 딜링햄 영 부부에게는 둘 다 대단히 자랑스럽게 여기는 재산 두 가지가 있었다. 하나는 짐이 할아버지와 아버지에게서 물려받은 금시계였다. 또 하나는 델라의 머리카락이었다. 시바의 여왕이 맞은편 아파트에 살았다면 델라가 머리카락을 말리려고 창밖으로 늘어뜨리는 순간 여왕의 보석과 보물이 빛을 잃었을 것이다. 솔로몬 왕이 지하실에 보물을 쌓아두고 관리인으로 있었다면, 짐은 지나갈 때마다 시계를 꺼내 왕이 질투심으로 턱수염을 잡아 뜯는 꼴을 보았을 것이다.

이제 델라의 아름다운 머리카락이 갈색 폭포수처럼 굽이굽이 반짝이며 흘러내렸다. 머리카락은 무릎까지 닿아서 마치 옷처럼 보였다. 그녀는 머리카락을 신경질적으로 빨리 다시 묶었다. 잠시 비틀대다가 바로 서자 눈물 한두 방울이 닳아빠진 붉은 카펫 위에 떨어졌다.

그녀는 낡은 갈색 재킷을 입었다. 낡은 갈색 모자도 썼다.

스커트를 한 바퀴 휙 돌리고 아직도 눈에 반짝이는 물기를 머금은 채 문으로 달려간 뒤 계단을 내려가 거리로 나섰다.

그녀는 발을 멈추고 간판을 보았다. "소프로니 부인. 모든 종류의 두발 제품 취급." 델라는 한 층을 올라가 헐떡이며 숨을 골랐다. 몸집이 크고 지나칠 정도로 흰 피부에 냉기가 감도는 부인은 '소프로니'라는 이름하고는 어울리지 않아 보였다.

"제 머리카락을 사주실 수 있나요?" 델라가 물었다.

부인이 대답했다. "머리카락이라면 삽니다. 모자를 벗어서 한번 보여주세요."

갈색 폭포가 굽이치며 쏟아져 내렸다.

"20달러요." 부인이 숙련된 손으로 머리채를 들어 올리며 말했다.

"바로 좀 주시면 좋겠어요." 델라가 말했다.

오, 그 뒤의 두 시간은 장밋빛 날개를 타고 날듯이 지나갔다. 해묵은 비유는 잊기로 하자. 그녀는 짐의 선물을 찾아 상점들을 뒤졌다.

드디어 맞춤한 것을 찾아냈다. 그것이야말로 다른 누구도 아닌 짐을 위해 만들어진 것이었다. 어느 상점에도 그에 비할 만한 것은 없었다. 델라는 모든 상점을 이 잡듯이 뒤졌다. 그것은 백금으로 만든 시곗줄이었다. 좋은 물건들이라면 으레 그래야 하듯이 단순하고 깔끔한 디자인에 겉만 번지르르한 장식이 아니라 재질만 보아도 가치를 충분히 알 수 있을 정도였다. 시계에 잘 어울릴 만한 줄이었다. 델라는 그 시곗줄을 보자마자 짐의 것이 되어야 한다고 생각했다. 짐에게 잘 어울렸다. 차분함과 가치, 그것이야말로 시곗줄과 짐 둘 다에게 딱 들어맞는 묘사였다. 그녀는 물건값으로 21달러를 내고 87센트를 가지고 서둘러 집으로 돌아왔다. 그 줄을 시계에 달면 짐은 누구 앞에서라도 시간을 볼 수 있을 것이다. 시계는 근사했지만 시곗줄 대용으로 쓰는 낡아빠진 가죽끈 때문에 짐은 남들 몰래 시간을 보아야 했다.

델라는 집으로 돌아오자 흥분이 가시면서 좀 차분히 되짚어 생각해보았다. 고데를 꺼내 가스에 불을 붙여 남편에 대한 넘치는 애정으로 엉망이 된 머리카락을 손보았다. 이것은 항상 어마어마한 과업이다. 독자들이여, 엄청난 과업이다.

사십 분쯤 지난 후 그녀의 머리카락은 빽빽하게 만 작은 곱슬머리로 뒤덮여 말썽꾸러기 남학생처럼 보였다. 그녀는 긴 거울에 신중하게, 날카롭게 자기 모습을 비추어보았다.

그녀는 혼잣말을 했다. "짐이 나를 죽이지 않고 다시 한번 잘 본다면 코니아일랜드의 코러스 걸 같다고 하겠지. 하지만 어쩔 수 없었잖아. 아! 1달러 87센트로 뭘 한담?"

7시가 되자 커피를 내리고 프라이팬은 화덕 뒤에서 뜨겁게 데워 살코기를 요리할 준비를 갖추었다.

짐은 제시간에 도착했다. 델라는 손에 시곗줄을 꼭 움켜쥐고 그가 항상 들어오는 문 옆의 테이블 모서리 쪽에 앉아 있었다. 그가 1층 계단을 올라오는 소리가 들리자 일순 그녀의 얼굴에서 핏기가 싹 가셨다. 그녀는 아주 사소한 일상사라도 짧게 속으로 기도를 올리는 습관이 있었는데, 이번에는 이렇게 속삭였다. "하느님, 제발 짐이 아직도 제가 예쁘다고 생각하게 해주세요."

문이 열리고 짐이 안으로 들어와 문을 닫았다. 그는 여위고 아주 진지해 보였다. 불쌍하게도 그는 겨우 스물두 살의 나이에 한 가족의 가장이라는 짐을 지고 있었다! 그에게는 새 외투가 필요했고 장갑도 없었다.

짐은 안으로 들어오더니 메추라기 냄새를 맡은 사냥개처럼 그 자리에 우뚝 섰다. 그의 눈이 델라에게 가서 박혔다. 델라는 그의 눈에 떠오른 표정을 읽을 수가 없어 겁에 질렸다. 그것은 분노도, 놀람도, 반감도, 공포도, 그녀가 예상했던 그 어떤 감정도 아니었다. 그는 그저 기이한 표정으로 그녀를 쳐다볼 뿐이었다.

델라가 테이블에서 몸을 일으켜 그를 향해 걸어갔다.

그녀가 외쳤다. "짐, 자기, 그런 눈으로 쳐다보지 말아요. 머리카락을 잘라서 팔았어요. 크리스마스인데 당신에게 꼭 선물을 주고 싶었단 말이에요. 머리는 다시 자랄 거예요. 괜찮지요? 그렇게 할 수밖에 없었어요. 내 머리는 엄청 빨리 자라요. '메리 크리스마스'라고 해줘요, 짐. 그리고 우리 행복하게 보내요. 내가 당신을 위해서 얼마나 멋지고 아름다운 선물을 샀는지 좀 봐줘요."

"머리카락을 잘랐다고?" 짐은 마치 아무리 애를 써서 머리를 굴려도 빤한 사실을 이해하지 못했다는 듯이 힘겹게 되물었다.

델라가 대답했다. "잘라서 팔았어요. 그래도 나를 전처럼 좋아해줄 거죠? 머리카락이 없어도 나는 나잖아요?"

짐이 방 안을 둘러보았다.

"머리카락이 없어졌다고?" 그는 마치 백치처럼 되풀이했다.

"찾아도 소용없어요. 팔아버렸다니까요. 말했잖아요. 팔아서 이제 없어요. 크리스마스이브잖아요. 그러지 말아요. 당신을 위해서 한 일이에요. 내 머리카락 개수는 헤아릴 수 있을지 몰라도." 그녀는 갑자기 진지하게 애정을 담뿍 담아서 말을 이었다. "당신에 대한 내 사랑은 아무도 셀 수 없을 거예요. 고기 넣을까요, 짐?"

짐은 멍한 상태에서 퍼뜩 깨어났다. 그는 델라를 안았다. 잠시 눈을 돌려 중요한 것 같지 않은 문제를 꼼꼼히 잘 살펴보도록 하자. 일주일에 8달러와 1년에 100만 달러, 무슨 차이가 있을까? 수학자나 재치 있는 사람이라 해도 옳은 답을 내놓지는 못할 것이다. 동방박사들은 귀한 선물을 가져왔지만 그 속에도 답은 없었다. 이 모호한 말의 의미는 뒤에 가서 밝혀질 것이다.

짐은 외투 주머니에서 꾸러미를 끄집어내 테이블 위에 던졌다.

그가 말했다. "나를 오해하지는 말아요, 델. 머리를 자르든 밀든 샴푸를 하든 당신은 나에게 똑같이 소중한 존재예요. 하지만 그 꾸러미를 풀어보면 내가 처음에 왜 그랬는지 알게 될 거예요."

델라는 흰 손가락으로 재빨리 끈과 종이를 풀었다. 그러더니 기쁨에 찬 환성을 터뜨렸다. 그러나 기쁨은 이내 발작하듯 눈물과 흐느낌으로 바뀌어 남편이 온 힘을 다해 위로해주어야 했다.

선물은 빗이었다. 델라가 브로드웨이의 진열장에서 한참을 탐나는 눈길로 바라보던 빗 세트였다. 테두리에 보석을 박고 거북 등껍질로 만든, 사라진 아름다운 머리카락에 쓰면 딱 좋을 멋진 빗이었다. 델라도 그 빗이 비싸다는 걸 알고 있어서 갖고 싶다는 생각은 꿈에도 없이 그저 부러워만 했었다. 그런데 이제 그 빗은 그녀의 것이 되었지만, 그토록 갖고 싶던 장식을 꾸며줄 머리채는 사라졌다.

그러나 그녀는 빗을 꼭 끌어안고 눈물이 그렁그렁한 눈으로 올려다보며 미소를 띠고 이렇게 말했다. "머리는 금방 자라요, 짐!"

그러고는 델라는 작은 고양이처럼 팔짝 뛰어 일어나 외쳤다. "아, 아!"

짐은 아직 자신의 멋진 선물을 보지 못했다. 델라가 양 손

바닥에 선물을 올려놓고 그에게 내밀었다. 그녀의 밝고 열정적인 기운을 받아 귀한 금속이 빛을 발하는 듯했다.

"멋지지 않아요, 짐? 이걸 찾으려고 온 시내를 샅샅이 뒤졌다고요. 이제 하루에 백 번이라도 시간을 보게 될 거예요. 시계 이리 줘봐요. 잘 어울리나 보게요."

짐은 그녀의 말대로 하는 대신 긴 의자에 몸을 던지고 두 손으로 뒷머리를 받친 채 미소를 지었다.

"델라, 우리 크리스마스 선물은 잠시 치워두도록 합시다. 지금 당장 쓰기에는 너무 좋은 것들이라서요. 당신 빗을 살 돈을 마련하느라 시계를 팔았어요. 이제 고기를 넣어도 되겠군요."

알다시피 말구유의 아기에게 선물을 가져온 동방박사들은 현명한 사람들이었다. 놀랍도록 현명했다. 그들은 크리스마스 선물을 주는 기술을 생각해냈다. 현명한 사람들이니까 그들의 선물도 당연히 중복될 경우에는 교환할 수도 있는 현명한 것이었다. 여기에서 서로를 위해 자기들의 집에서 가장 귀한 보물을 현명치 못하게 희생한 두 어리석은 젊은이의 시답지 않은 기록을 여러분에게 어쭙잖게 설명했다. 그러나 요즘의 현자들에게 전하고 싶은 마지막 말은, 선물을 준 사람 중에서 이 두 사람이 가장 현명했다는 것이다. 선물을 주고받는 모든 사람 중에서 이들이야말로 가장 현명했다. 어디를 보아도 그들이 가장 현명한 사람들이다. 그들이 동방박사다.

하그레이브스의 연기

모빌의 펜들턴 탤벗 소령과 그의 딸 리디아 탤벗 양은 워싱턴으로 거처를 옮기면서 아주 한적한 대로에서 45미터 정도 떨어진 집을 하숙집으로 골랐다. 높은 흰 기둥이 현관 지붕을 받치고 있는 구식의 벽돌 건물이었다. 마당은 위풍당당한 아까시나무와 느릅나무로 그늘이 졌고, 제철을 맞은 개오동나무가 잔디 위로 분홍과 흰색의 꽃을 비처럼 뿌렸다. 키 큰 회양목 덤불이 울타리와 산책로를 따라 줄지어 늘어섰다. 남부식이었고, 이것이 탤벗 부녀의 눈을 즐겁게 해주었다.

이런 쾌적하고 호젓한 하숙집에서 그들은 탤벗 소령이 쓸 서재를 포함해 방 몇 개를 빌렸다. 소령은《앨라배마 군인, 판사, 변호사의 일화와 회상》이라는 책의 마지막 장을 쓰는 중이었다.

탤벗 소령은 아주 오래된 남부 시대 사람이었다. 그의 눈에

요즘 시대는 흥미롭지도, 근사하지도 않았다. 그의 마음은 남북전쟁 이전 시기, 탤벗가가 좋은 목화밭 수백만 제곱미터와 그 밭을 경작할 노예들을 소유하고 있던 시절에 살았다. 집안의 저택이 웅장한 환대의 장이 되어 남부 귀족계급의 손님들을 끌어모으던 시절이었다. 그 시절에서부터 소령은 오래된 자부심과 명예 의식, 세세한 것까지 따지는 낡아빠진 예의범절, 그리고 당시의 의상까지 전부 고스란히 가져왔다.

이런 옷들은 적어도 유행이 50년은 지난 것이었다. 소령은 키가 컸지만, 무릎을 꿇고 자신이 절이라 부르는 굉장한 구식 인사를 할 때면 프록코트 자락이 마룻바닥을 다 쓸었다. 워싱턴은 이미 오래전 남부 의원들의 프록코트와 챙 넓은 모자에 겁을 먹은 채 물러서지 않게 되었지만, 그 의복은 워싱턴에서조차 놀라움을 자아냈다. 하숙인 중 한 명은 그 옷에 '허버드 신부'라는 이름을 붙여주었다. 확실히 허리가 높고 단이 넓기는 했다.

그러나 바드먼 부인의 하숙집에서는 앞섶에 주름이 잡히고 올이 풀린 셔츠에 항상 한쪽으로 기울어진 검은색 작은 끈 넥타이를 맨 기묘한 차림의 소령에게 미소를 보냈고, 그를 좋아했다. 젊은 백화점 점원 몇은 그를 꾀어 그가 가장 좋아하는 화제를 시작하게 하곤 했는데, 그가 사랑해마지않는 남부의 전통과 역사였다. 그는 이야기를 하면서 《일화와 회상》을 자유로이 인용하곤 했다. 그러나 그들은 그에게 자기들의 의

도를 들키지 않도록 아주 조심했다. 그는 예순여덟 살이었지만 궤뚫어 보는 듯한 회색 눈으로 한참을 쏘아보면, 그중 가장 대담한 사람이라도 움츠러들었다.

리디아 양은 통통하고 몸집이 작은 서른다섯 살의 여성으로, 핼쑥한 얼굴에 머리를 단단히 틀어 올려 훨씬 더 나이 들어 보였다. 그녀 또한 구식이었지만, 소령처럼 전쟁 이전 시대의 영광이 뿜어져 나오지는 않았다. 검약한 사람이어서 집안의 재정 문제를 다루고, 청구해야 할 계산서가 오면 처리하는 것이 그녀의 몫이었다. 소령은 하숙비와 세탁비 청구서를 처리하는 일 따위는 시시하게 여겼다. 청구서들은 꾸준히, 그것도 아주 자주 날아왔다. 소령은 어째서 모아두었다가 적당한 때에 한꺼번에 지불해버리지 않는지 의아했다.《일화와 회상》이 출간되면 그때 지불하면 되지 않는가? 리디아 양은 차분히 바느질을 계속하며 이렇게 말했다. "여유가 되는 한은 돈을 주기로 해요. 그런 다음에는 모아둬야겠지만요."

바드먼 부인의 하숙인들은 거의 다 백화점 점원이거나 회사원들이어서 대개 낮에는 밖에 나가고 없었다. 그러나 아침부터 밤까지 많은 시간을 하숙집에서 보내는 사람이 하나 있었다. 헨리 홉킨스 하그레이브스라는 젊은이였다. 하숙집 사람 모두 그를 성까지 다 붙여서 불렀는데, 그는 인기 있는 보드빌 극장 중 한 군데에 출연 중이었다. 보드빌이 지난 몇 년간 상당히 존중받는 수준까지 올라갔고, 하그레이브스 씨는 점잖고 예의 바른 사람이어서 바드먼 부인은 그를 하숙인 명부에 올리는 데 아무런 이의가 없었다.

극장에서 하그레이브스 씨는 모든 사투리를 구사하는 희극인으로 알려졌다. 독일, 아일랜드, 스웨덴 사투리를 폭넓게 구사했지만, 흑인 분장이 주특기였다. 그러나 하그레이브스 씨는 야심이 있어서 정통 희극으로 성공하고 싶은 큰 꿈을 자주 이야기하곤 했다.

이 젊은이는 탤벗 소령에게 특히 호감을 가진 듯했다. 그 신사가 남부의 추억을 이야기하기 시작하거나 일화 중 가장 활기 넘치는 것을 되풀이해 꺼낼 때마다 하그레이브스는 항상 누구보다도 열심히 귀 기울여 들었다.

한동안 소령은 그를 속으로 '딴따라'라 부르면서 그의 접근을 달가워하지 않는 기색이었다. 그러나 곧 젊은이의 사근사근한 태도와 누가 보아도 노신사의 이야기에 공감하는 모습에 완전히 넘어가고 말았다.

곧 두 사람은 오랜 친구처럼 가까워졌다. 소령은 매일 오후 시간을 내어 그에게 자기 책 원고를 일부 읽어주었다. 일화들을 들으면서 하그레이브스는 정확히 딱 웃어야 할 지점에서 놓치지 않고 웃음을 터뜨렸다. 소령은 감동한 나머지 하루는 리디아에게 젊은 하그레이브스는 옛 제도를 놀랍도록 잘 이해하고 있으며, 보기에도 흐뭇한 존경심을 가지고 있다고 말했다. 그리고 그 옛 시절들로 말하자면, 탤벗 소령이 말하기를 좋아한다면, 하그레이브스 씨는 듣는 데 푹 빠졌다.

과거 이야기를 하는 노인들이 흔히 그러듯이 소령도 세부적인 데까지 한참을 더듬기를 아주 좋아했다. 옛 농장주들의 거의 왕족 같은 화려한 시절들을 묘사하면서 그는 자기 말고삐를 잡아준 흑인의 이름이나 어떤 사소한 사건이 일어났던 정확한 날짜, 어느 해에 거둔 면화 자루 수가 기억날 때까지 시간을 끌곤 했다. 그러나 하그레이브스는 절대 안달하거나 흥미를 잃는 법이 없었다. 오히려 그 시절의 생활과 관련된 다양한 주제에 대해 질문을 던져서 매번 준비된 답변을 끌어냈다.

여우 사냥, 주머니쥐 요리가 나오는 저녁 식사, 흑인 부락에서의 춤과 축제, 근방 80킬로미터까지 초대장을 돌리는 대농장 저택 홀에서의 연회 이야기가 펼쳐졌다. 인근 귀족과 불화를 빚을 때도 있었다. 소령은 래스본 컬버트슨과 키티 차머스를 놓고 결투를 벌인 적도 있었다. 그녀는 나중에 사우스캐롤라이나의 스웨이트와 결혼했다. 모빌만에서는 상상 이상의 액수를 놓고 개인 요트 경주가 벌어졌다. 옛 노예들의 괴상한 미신들, 되는대로 사는 습관, 충성스러운 미덕, 이 모든 것이 소령과 하그레이브스가 한 번에 몇 시간 동안이나 빠져드는 주제였다.

가끔은 밤에 젊은이가 극장에서 공연을 마치고 자기 방으로 가는 계단을 올라갈 때, 소령이 서재 문가에 나타나 그를 부르기도 했다. 하그레이브스가 들어가보니 작은 테이블 위에 디캔터, 설탕 그릇, 과일, 신선한 초록의 큼직한 박하 다발이 차려져 있었다.

소령은 늘 그러듯이 지나칠 만큼 격식을 갖추어서 말을 시작했다. "자네가 맡은 자리에서 소임을 다했으니, 시인이 '지친 자연의 달콤한 회복자'라고 쓸 때 마음속에 떠올릴 법한 것을 음미해도 괜찮지 않을까 싶은 생각이 문득 떠올랐다네. 바로 우리 남부의 줄렙•일세."

하그레이브스는 소령이 음료를 만드는 모습을 감탄의 눈길로 지켜보았다. 소령은 예술가의 경지에 오른 솜씨로 제조를 시작했고, 정해진 과정을 한 치도 벗어나지 않았다. 그는 아주 섬세하게 박하를 짓이겼다. 그리고 한 치의 오차도 없이 꼼꼼하게 재료들을 계량했다. 진초록을 배경으로 밝게 빛나는 진홍색 과일을 혼합물 위에 조심스럽게 올렸다. 그러고는 우아하고 관대한 태도로 잘 고른 귀리 짚 빨대를 챙 소리가 나도록 깊이 밀어 넣어 그에게 내밀었다.

워싱턴에 온 지 넉 달이 지났을 때, 리디아 양은 어느 날 아침 돈이 거의 다 바닥났음을 알았다. 《일화와 회상》의 집필이 끝났지만, 앨라배마의 센스와 위트를 집대성한 보석에 달려드는 출판사가 없었다. 그들이 모빌에 소유하고 있는 작은 집

• 위스키에 설탕, 박하 등을 넣은 청량음료.

의 집세는 두 달째 밀렸다. 그달 치 하숙비를 주어야 할 날이 사흘 앞으로 다가왔다. 리디아 양은 아버지에게 상의했다.

소령이 놀란 얼굴로 물었다. "돈이 없다고? 그런 얼마 되지도 않는 금액으로 이렇게 자주 말을 꺼내다니 정말 성가시구나. 정말로 나는……."

소령이 호주머니 속을 뒤졌다. 그가 찾은 것은 2달러 지폐 한 장이 전부였다. 그는 지폐를 조끼 주머니에 도로 넣었다.

그가 말했다. "그 문제를 곧 처리하마. 내 우산 좀 갖다주련. 즉시 시내로 나가봐야겠다. 우리 구역 의원인 풀검 장군이 며칠 전에 내 책이 조만간 출간되도록 손을 써주겠다고 약속했어. 당장 그의 호텔로 가서 일이 어떻게 되었는지 확인해봐야겠다."

리디아 양은 서글픈 미소를 살짝 띠고 아버지가 자신의 '허버드 신부' 단추를 채우고, 늘 하듯이 문가에 멈추어서 깊숙이 절을 하고 떠나는 모습을 지켜보았다.

소령은 그날 저녁 해 질 무렵에야 돌아왔다. 풀검 의원은 소령의 원고를 읽어본 출판업자를 만났다. 출판사 측은 일화를 절반 정도 덜어내고 책 전반에 가득한 지역과 계급에 대한 편견을 없앤다면 출간을 고려해보겠다고 말했다.

소령은 분노로 활활 타올랐지만, 리디아 양 앞에 자신의 행동 규범에 따라 서자 평정을 되찾았다.

"돈이 필요해요." 리디아 양이 콧잔등을 살짝 찡그리며 말했다. "2달러라도 주세요. 오늘 밤 랠프 숙부님께 전보를 보내야겠어요."

소령은 조끼 윗주머니에서 작은 봉투를 꺼내 테이블 위에 던졌다.

그가 부드럽게 말했다. "지혜롭지 못한 짓일지 모르지만, 어차피 얼마 안 되는 돈이어서 오늘 밤 연극 표를 샀단다. 새로 나온 전쟁 드라마야, 리디아. 너도 워싱턴에서 처음 공연을 보게 되면 좋아할 거라고 생각했다. 그 연극에서는 남부를 꽤 공정하게 그렸다더구나. 고백하자면 내가 보고 싶어서 말이다."

리디아 양은 말없이 절망한 듯이 양손을 펼쳤다.

그래도 이미 산 표이니 쓰기로 했다. 그날 저녁, 극장에 앉아 활기찬 서곡을 듣고 있으니 리디아 양조차 그들의 걱정거리를 잠시라도 밀쳐놓고 싶어졌다. 얼룩 하나 없는 리넨 셔츠에 단추를 꼭 잠근 멋진 외투를 입고, 흰머리를 깔끔하게 빗어 올린 소령은 진짜 근사하고 기품 있게 보였다. 〈목련꽃〉의 제1부 막이 오르면서 전형적인 남부 대농장이 펼쳐졌다. 탤벗 소령은 관심을 보였다.

"오, 세상에!" 리디아 양이 탄성을 지르며 그의 팔을 쿡 찌르고 자신의 손에 든 프로그램을 가리켰다.

소령은 안경을 쓰고 딸이 손가락으로 짚어준 배역 명단을 읽었다.

웹스터 캘훈 대령······ H. 홉킨스 하그레이브스

리디아 양이 말했다. "우리 하숙집 하그레이브스 씨예요. 그 사람이 말하던 '정통극' 첫 출연인가봐요. 참 잘됐어요."

제2부가 시작되어서야 웹스터 캘훈 대령이 무대에 올랐다. 그가 등장하자 탤벗 소령은 다 들릴 만큼 코웃음을 치며 그를 뚫어져라 쳐다보더니 몸이 차갑게 딱 굳는 듯했다. 리디아 양이 뜻을 알 수 없는 가느다란 비명을 내면서 손에 쥔 프로그램을 구겼다. 캘훈 대령은 탤벗 소령을 거의 그대로 본뜨다시피 한 인물이었다. 숱이 적으며 끝이 곱슬인 긴 흰머리, 귀족적인 매부리코, 쭈글쭈글하고 올이 풀어진 넓은 셔츠 앞판, 삐딱하게 맨 가늘고 짧은 넥타이, 깊숙이 절하는 모습, 판에 찍어낸 듯 똑같았다. 여기에 화룡점정으로 소령의 비할 데 없는 외투와 똑같은 것을 입었다. 높은 칼라에 헐렁하고 허리선이 높으며 폭이 넓고 뒤쪽보다 앞쪽이 30센티미터 더 긴 그 옷은 다른 견본을 가지고 만들었을 리 없었다. 그때부터 소령과 리디아 양은 넋이 나간 듯 앉아서 탤벗을 본뜬 오만한 배우가 소령이 나중에 표현한 대로 "썩은 무대의 중상모략적인 수렁 속을" 움직이는 것을 보았다.

하그레이브스 씨는 자신이 잡은 기회를 십분 활용했다. 그는 소령의 말투, 사투리, 억양, 한없이 점잔을 빼는 공손한 태도를 사소한 기벽까지 다 잡아내 무대의 목적에 충실하게 과장했다. 그가 소령이 모든 인사법 중에서도 최상의 것이라고 믿는 그 신기한 절을 하자 관객은 우레 같은 갈채를 보냈다.

리디아 양은 꼼짝 않고 앉아 감히 아버지 쪽으로 눈도 돌리지 못했다. 마음에 안 들면서도 가끔은 자기도 모르게 새어 나오는 미소를 숨기려는 듯 손을 뺨에 갖다 대곤 했다.

하그레이브스의 대담한 모방은 제3부에서 정점을 찍었다. 캘훈 대령이 자신의 '동굴'에서 이웃 대농장주들 몇을 접대하는 장면이었다.

무대 중앙의 테이블 앞에서 친구들에게 둘러싸인 그는 솜씨 좋게 파티를 위해 줄렙을 만들면서 〈목련꽃〉에서 너무나 유명한, 아무나 따라 할 수 없는 장광설의 독백을 늘어놓았다.

탤벗 소령은 조용히 앉아 있었지만, 분노로 불타올라 그가 자신이 가진 최고의 이야기들을 다시 늘어놓고, 자신의 지론과 취미를 펼치고, 《회상과 일화》의 꿈을 과장하고 제멋대로 뒤섞어놓는 것을 들었다. 그가 가장 좋아하는 이야기인 래스본 컬버트슨과의 결투도 빠지지 않았다. 소령 자신이 한 것보다 더 오만스럽고 열정적으로 이야기했다.

독백은 줄렙 제조 기술에 대한 예스럽고, 흥미롭고, 재치 있는 짧은 강의로 마무리되었다. 여기에서 탤벗 소령의 섬세하지만 현란한 과학이 한 치도 어김없이 재생되었다. "65밀리그램에서 1000분의 1이라도 더 짜내면, 여러분, 이 천국에서 내린 식물의 향은 사라지고 씁쓸한 맛만 나오게 됩니다."

향기 나는 풀을 조심스럽게 다루는 솜씨로부터 귀리 짚을 까다롭게 고르는 것까지.

막이 내리자 관객은 우레와 같은 환호를 보냈다. 그런 유형을 너무나도 정확하고, 확실하고, 완벽하게 그려내서 연극의 주연배우는 잊혔다. 거듭해서 관객들의 부름을 받고 커튼 앞으로 나온 하그레이브스는 성공했다는 생각에 소년 같은 얼굴을 붉히며 절을 했다.

드디어 리디아 양은 고개를 돌려 소령을 보았다. 그의 작은 콧구멍이 물고기 부레처럼 벌떡거리고 있었다. 그는 떨리는 손으로 의자 팔걸이를 짚으며 일어나려고 했다.

소령이 간신히 말했다. "가자, 리디아. 이건 정말 끔찍한…… 모독이야."

그가 일어나려 하자 딸이 소령을 다시 끌어 주저앉혔다.

"좀 더 있어야 해요. 원본 외투를 보여줘서 복제품을 광고해주고 싶으세요?" 그래서 그들은 끝까지 머물렀다.

성공을 거둔 덕분인지 하그레이브스는 그날 밤늦게까지 돌아오지 않았다. 아침 식사에도, 저녁 식사에도 모습을 나타내지 않았다.

오후 3시쯤 그가 탤벗 소령의 서재 문을 두드렸다. 소령이 문을 열자 하그레이브스가 양팔 가득 조간신문을 안고 들어왔다. 그는 너무 승리감에 취해서 소령의 태도가 평소와는 다른 것도 눈치채지 못했다.

그가 의기양양하게 말했다. "어젯밤에 엄청난 호평을 받았답니다. 기회를 잘 잡았고, 해낸 것 같아요. 《포스트》지에서 뭐라고 했는지 보세요."

> 터무니없는 호언장담, 희한한 의복, 예스러운 어법과 표현, 케케묵은 가문에 대한 자부심, 정말로 따듯한 마음, 명예를 과하게 중히 여기는 태도, 사랑스러운 소박함으로 옛 시대의 남부 대령의 모습을 최근 무대에 오른 배역 중에서도 가장 잘 표현해냈다. 캘훈 대령이 입은 외투는 그야말로 천재성의 발로 그 자체다. 하브그레이브스 씨는 관객을 사로잡았다.

"첫 공연 관객 반응으로, 어떨까요, 소령님?"

소령의 목소리는 불길하도록 싸늘했다. "나는 영광스럽게도 어젯밤 자네의 대단히 놀라운 연기를 직접 보았네."

하그레이브스는 당황한 기색이었다.

"오셨다고요? 몰랐는데요…… 연극을 좋아하시는 줄은 몰랐습니다. 오, 탤벗 소령님." 그가 꾸밈없이 외쳤다. "기분 나빠 하지 말아주세요. 소령님에게서 배역에 크게 도움이 될 만한 조언을 많이 얻었던 것은 인정합니다. 하지만 아시다시피 그건 하나의 유형입니다. 어느 개인이 아니에요. 관객도 그런 줄 알고 보는 거고요. 그 극장 단골 고객들 절반은 남부인들입니다. 그분들도 잘 알고 있어요."

"하그레이브스 씨." 소령이 선 채로 말했다. "당신은 나를 속이고 용서받지 못할 모욕을 주었소. 나라는 사람을 웃음거리로 만들고, 내 신뢰를 무참히 배신하고, 나의 호의를 악용했소. 당신에게 신사의 특징이 무엇인지에 대한 개념이 조금이라도 있었다면, 내 비록 늙었지만 결투를 신청했을 것이오. 이제 방에서 나가주길 바라오."

배우는 좀 당황한 기색이었고 노신사의 말을 다 이해하지 못한 것 같았다.

그가 유감스럽다는 투로 말했다. "마음 상하게 해드려서 정말로 죄송합니다. 하지만 저희는 남부인들과 생각하는 방식이 다릅니다. 배우가 자기를 흉내 내서 무대에 올려 대중한테 인정받을 수 있다면, 이 집의 절반이라도 사겠다는 사람들이 줄을 설 겁니다."

"그런 자들은 앨라배마 출신은 아니지." 소령이 거만하게 말했다.

"아닐지도 모르지요. 저는 기억력이 아주 좋습니다. 소령님의 책에서 몇 줄만 인용하겠습니다. 밀리지빌에서 연 연회에서 축배에 대한 답사로 소령님께서 이렇게 말씀하셨지요."

> 북부인은 상업적인 이익이 되는 경우가 아니라면 감성이나 따듯함 따위는 전혀 없습니다. 자신이나 사랑하는 사람들의 명예가 더럽혀지더라도 금전적 손실이 따르지만 않으면 분

개하지 않습니다. 자선을 할 때는 통 크게 하지만, 그 사실을 나팔 소리를 울려서 알리든가 황동 기념패에 기록해두어야 합니다.

"어젯밤 캘훈 대령한테서 보신 것보다 그 묘사가 더 공정하다고 생각하십니까?"

소령은 얼굴을 찌푸렸다. "그 대목은 다 근거가 있어. 공개적으로 말할 때는 약간의 과⋯⋯ 자유는 허용되는 법이지."

"공개적인 연기에서도 마찬가지입니다." 하그레이브스가 말했다.

소령은 누그러지지 않고 말했다. "그게 중요한 게 아니야. 그 배역은 한 개인을 웃음거리로 만들었어. 그 점을 간과할 수 없어."

하그레이브스가 의기양양한 미소를 띠고 말했다. "탤벗 소령님, 부디 저를 이해해주셨으면 합니다. 소령님을 모욕할 생각은 꿈에도 한 적이 없다는 점을 알아주세요. 제 직업상 모든 삶이 제 것입니다. 저는 제가 원하는 것, 할 수 있는 것을 취해서 무대 위에서 되돌려줍니다. 그 일은 이쯤 해두기로 하지요. 제가 소령님께 온 것은 다른 일 때문입니다. 몇 달 동안 저희는 좋은 친구로 지냈으니, 다시 소령님의 기분을 상하게 할 위험을 무릅쓰고라도 말씀드려야겠습니다. 소령님이 돈 문제로 어려움을 겪고 계신다는 것을 알고 있습니다. 제가 어떻게 알았는지는 신경 쓰지 말아주세요. 하숙집은 그런 문제를 숨길 수 있는 곳이 아니거든요. 소령님을 도와드리고 싶습니다. 저도 그런 곤경을 자주 겪었습니다. 이번 시즌 내내 꽤 많은 보수를 받아서 돈을 좀 모아놨습니다. 제가 한 200달러 정도 드리면…… 그 이상이라도 괜찮고…… 형편이 나아지실 때까지……."

"그만!" 소령이 팔을 내뻗으며 명령조로 외쳤다. "아무래도 내 책이 거짓은 아니었던 것 같군. 돈으로 명예에 입은 상처도 다 치료할 수 있다고 생각하다니. 내 목에 칼이 들어와도 뜨내기 인연에게 돈을 빌리지는 않아. 당신으로 말하자면, 우리가 논한 재정적 해결에 대한 당신의 모욕적인 제안을 받아들일 생각을 하느니 굶주리겠소. 다시 한번 청하니, 부디 이 방을 떠나주기를 바라는 바이오."

하그레이브스는 입을 다물고 방을 나갔다. 그 정도가 아니라 아예 그날로 하숙집을 나갔다. 바드먼 부인이 저녁 식탁에서 설명한 바로는 〈목련꽃〉이 일주일 내내 상연되는 시내 극장과 더 가까운 곳으로 이사를 했다고 한다.

탤벗 소령과 리디아 양의 상황은 좋지 않았다. 워싱턴에는 소령의 양심상 돈을 꿀 만한 사람이 아무도 없었다. 리디아 양은 랠프 숙부에게 편지를 썼지만, 친척의 빠듯한 사정을 생각하면 그들에게 도움을 줄 수 있을지 의심스러웠다. 소령은 어쩔 수 없이 바드먼 부인에게 "연체된 집세"와 "지연된 송금"을 다소 두서없이 들먹이며 하숙비 지불을 미루어줄 것을 미안해하는 투로 부탁했다.

구원은 전혀 예기치 않았던 곳에서 왔다.

어느 날 오후 늦게 하녀가 올라와 웬 늙은 흑인이 탤벗 소령을 만나러 왔다고 알렸다. 소령은 그를 서재로 올려 보내달라고 했다. 곧 늙은 흑인이 문가에 나타나 모자를 벗어 들고 인사를 하고는 한쪽 발을 끌면서 들어왔다. 그는 헐렁한 검정 양복을 꽤 말쑥하게 차려입었다. 큼직하고 거친 신발은 난로 광택을 생각나게 하는 금속성의 광채를 냈다. 그의 곱슬 머리카락은 회색을 넘어 거의 백발에 가까웠다. 중년이 넘어가면 흑인의 나이를 짐작하기 어렵다. 이 노인은 탤벗 소령 정도 나이가 들었을지도 몰랐다.

"저를 몰라보시겠지요, 펜들턴 나리." 그의 첫마디였다.

소령은 귀에 익은 옛날식 말투에 자리에서 일어나 앞으로 걸어 나왔다. 옛 대농장에 있던 흑인 중 한 명이 틀림없었다. 그러나 그들은 이미 멀리 흩어져서 얼굴이나 목소리를 기억해낼 수 없었다.

소령이 다정하게 말했다. "그런 것 같군. 내가 기억해내도록 좀 도와주겠나."

"펜들턴 나리, 신디 모스를 기억 못 하십니까? 전쟁이 끝나고 바로 이주했지요."

"잠깐만." 소령이 손끝으로 이마를 문질렀다. 그는 그 소중

한 시절과 연관된 것이라면 무엇이든 기억해내기를 아주 좋아했다. "신디 모스라, 자네가 말들을 돌보았지. 수망아지를 길들였어. 그래, 이제 기억이 나는군. 전쟁이 끝나고 자네는 이름을…… 기다려보게, 미첼로 바꾸고 서부로, 네브래스카로 갔지."

"맞습니다. 맞아요." 노인의 얼굴에 기쁨의 미소가 퍼졌다. "그게 접니다. 저예요. 네브래스카. 저라니까요. 모스 미첼입니다. 늙은 엉클 모스 미첼, 지금은 다들 저를 그렇게 부르지요. 나리 아버님이신 노주인님께서 제가 떠날 때 노새 한 쌍을 주셨지요. 그 노새 기억하시지요, 펜들턴 나리?"

"노새는 기억이 안 나는군. 자네도 알다시피 나는 전쟁 첫해에 결혼해서 옛 폴린스비 저택에서 살았으니까. 하지만 좀 앉게. 앉아. 엉클 모스, 만나서 반갑구먼. 그 후에 일이 잘 풀렸겠지."

엉클 모스는 의자에 앉아 옆의 바닥에 조심스럽게 모자를 내려놓았다.

"예, 근래에는 꽤 잘나간답니다. 네브래스카에 처음 갔을 때 사람들이 그 노새를 보러 왔어요. 네브래스카에서는 그런 노새를 본 적이 없거든요. 노새들을 300달러에 팔았지요. 예, 300달러요.

그다음에는 대장간을 열어서 돈을 제법 벌어가지고 땅을 샀답니다. 저랑 제 늙은 처랑 자식을 일곱 두었어요. 둘은 죽었지만 나머지는 다 잘 됐습니다. 몇 년 전에 철도가 놓이면서 제 땅에 마을이 생겼답니다. 펜들턴 나리, 엉클 모스 재산이 지금은 땅이랑 재산이랑 돈이랑 다 합쳐서 1만 1000달러나 된답니다."

"그것참 기쁜 소식일세. 정말 잘되었구먼." 소령이 다정하게 말했다.

"그리고 고 작은 아기, 소령님이 리디 양이라고 부르셨던 아기는 이제는 다 커서 다들 몰라보겠지요."

소령이 문으로 가서 불렀다. "리디아, 얘야, 잠시 와보련?"

훌쩍 다 큰 리디아 양이 약간 걱정스러운 얼굴로 방에서 나왔다.

"아이고! 세상에! 그 아기가 이렇게 컸다니요. 엉클 모스 기억하십니까?"

소령이 말했다. "신디 아줌마의 남편 모스란다, 리디아. 네가 두 살 때 서니미드를 떠나 서부로 갔지."

리디아 양이 말했다. "아, 두 살이었으면 저는 기억을 못 하지요, 엉클 모스. 그리고 말했다시피 저는 이렇게 훌쩍 컸는걸요. 아주 오래전 일이지요. 하지만 기억은 못 해도 만나서 반가워요."

정말로 그랬다. 소령도 마찬가지였다. 살아 있고 구체적인 존재가 그들을 행복했던 과거와 연결해주었다. 셋은 둘러앉아 옛 시절을 놓고 이야기를 나누었다. 소령과 엉클 모스는 대농장 시절을 돌아보며 서로 틀린 기억을 바로잡아주거나 이야기를 재촉했다.

소령은 노인이 무슨 일로 고향에서 이 먼 곳까지 왔는지 물었다.

그가 설명했다. "이 도시에서 큰 침례교 집회가 있어요. 아무한테도 절대 설교를 하지는 않지만, 제가 교회에서 장로랍니다. 그리고 제 여비쯤은 댈 수 있으니까 따라왔지요."

"그럼 우리가 워싱턴에 있는 건 어떻게 알았어요?" 리디아 양이 물었다.

"제가 머무는 호텔에서 일하는 흑인이 있는데, 모빌 출신이래요. 저한테 펜들턴 나리가 어느 날 아침 여기 집에서 나오시는 걸 봤다고 말해줬어요.

제가 찾아온 데는 옛 고향분들을 뵙는 것 외에 또 다른 이유도 있답니다. 펜들턴 나리께 빚진 것을 갚아드리려고 왔지요." 엉클 모스가 호주머니로 손을 뻗으며 말했다.

"나한테 빚을 졌다고?" 소령이 깜짝 놀라 되물었다.

"예, 300달러예요." 그가 두툼한 지폐 뭉치를 건넸다. "제가 떠날 때 노주인님께서 말씀하셨지요. '저 노새들을 가져가렴, 모스. 네가 능력이 되면 그때 갚아.' 그렇게 말씀하셨어요. 전쟁이 끝나고 노주인님은 돌아가셨지요. 이미 오래전에 돌아가셨으니 빚은 펜들턴 나리에게로 내려가는 거지요. 300달러요. 엉클 모스가 이제는 빚을 갚을 수 있게 되었답니다. 철도에서 제 땅을 사주었을 때 노새값은 따로 떼어두었어요, 펜들턴 나리. 그게 제가 그 노새를 팔았던 액수예요. 그렇지요."

탤벗 소령의 눈에 눈물이 맺혔다. 그가 엉클 모스의 손을 잡고 다른 손은 그의 어깨에 올렸다.

그가 떨리는 목소리로 말했다. "아, 충실한 늙은 하인이로군. 솔직히 고백하자면, '펜들턴 나리'는 일주일 전에 수중의 마지막 한 푼까지 다 써버렸다네. 이 돈을 받겠네, 엉클 모스. 빚을 갚는 것이지만 한편으로는 옛 시절에 대한 충성과 헌신의 증표로 말일세. 리디아, 얘야, 돈을 받으렴. 돈의 용처는 나보다 네가 더 잘 알 테니."

"받으세요, 아가씨. 여러분 것입니다. 탤벗가의 돈이에요." 엉클 모스가 말했다.

엉클 모스가 가고 나서 리디아 양은 한참을 울었다. 기뻐서였다. 소령은 얼굴을 한쪽으로 돌리고 토기 파이프를 맹렬하게 뻑뻑 빨아댔다.

탤벗가에는 평화와 안락이 다시 찾아왔다. 리디아 양의 얼굴에서도 근심이 걷혔다. 새 프록코트를 입은 소령은 전성기의 기억을 고대로 재현한 밀랍 인형처럼 보였다. 《일화와 회상》 원고를 읽어본 다른 출판사가 조금만 손을 보고 튀는 부분을 누그러뜨리면 제법 팔릴 만한 책으로 낼 수 있을 거라고 했다. 전체적으로 상황이 호전되었고, 이미 실현된 축복보다 앞으로의 상황이 더 좋아질 거라는 희망마저 엿보였다.

행운이 찾아온 지 일주일쯤 지난 어느 날, 하녀가 리디아 양의 방으로 편지 한 통을 가져왔다. 우편 소인을 보니 뉴욕에서 온 것이었다. 뉴욕에는 지인이 없어서 리디아 양은 다소 의아한 심정으로 테이블 앞에 앉아 편지를 뜯었다. 내용은 이러했다.

친애하는 탤벗 양

저에게 찾아온 행운을 아시면 기뻐해주시리라 생각합니다. 〈목련꽃〉의 캘훈 대령 역으로 뉴욕의 레퍼토리 극단에서 주당 200달러를 받기로 했답니다.

또 하나 알려드리고 싶은 것이 있습니다. 탤벗 소령님께는 말씀드리지 않는 편이 나을 것 같습니다. 배역을 연구하는 데 소령님이 저에게 큰 도움을 주셨고, 그 일로 마음 상하신 데 대한 보상을 꼭 해드리고 싶었습니다. 소령님은 거절하셨지만 하여간 해드렸습니다. 300달러쯤은 어렵지 않게 마련할 수 있었답니다.

H. 홉킨스 하그레이브스

추신. 제 엉클 모스 연기가 어땠습니까?

탤벗 소령이 복도를 지나가다 리디아 양의 방문이 열려 있는 것을 보고 발을 멈추었다.

"오늘 아침에 우리 앞으로 온 편지가 있냐, 리디아?"

리디아 양이 편지를 옷자락 사이에 감추었다.

그녀가 재빨리 대답했다. "《모빌 크로니클》이 왔어요. 아버지 서재 탁자 위에 두었어요."

식탁 위의 봄날

3월의 어느 날이었다.

소설을 쓴다면 절대 이런 식으로 시작해서는 안 된다. 이보다 더 나쁜 서두는 있을 수 없다. 상상력이 부족하고, 밋밋하며, 건조하다. 알맹이는 없고 그저 공허한 말뿐이다. 하지만 이 경우만큼은 봐줄 수 있다. 이야기를 열어야 할 다음 구절은 지나치게 엉뚱하고 터무니없어서 독자 앞에 내놓으려면 마음의 준비를 시켜야 하기 때문이다.

세라는 메뉴판을 앞에 놓고 울고 있었다.

메뉴판 위에 눈물을 떨구는 뉴욕 아가씨를 생각해보라!

이런 사정을 설명하려면 바닷가재가 다 떨어졌다든가 사순절 기간에는 아이스크림을 먹지 않겠다고 맹세했다든가 양파를 주문했다든가, 그도 아니면 해킷 극장의 낮 공연에서 막 돌아왔다든가 정도로 추측해볼 수 있을 것이다. 그런데 이 모든 추측이 다 틀렸다면, 이제부터 들려줄 이야기에 귀 기울이면 된다.

칼로 굴을 까듯 세상일을 다 자기 마음먹은 대로 할 수 있다고 큰소리친 신사의 말은 생각 이상으로 옳았다. 칼로 굴을 까기는 어렵지 않다. 하지만 타자기로 홍합을 까려고 하는 사람을 본 적이 있나? 홍합 열두 개를 그런 식으로 다 깔 때까지 기다려볼 생각이 있는가?

세라는 손에 익지 않은 무기로 조개껍질을 까려고 해보았지만 그 안의 차가운 물을 아주 조금 맛보았을 뿐이다. 그녀의 속기 실력은 실무 학교에서 속기를 배우고 이제 막 세상으로 나온 졸업생보다 나을 것이 없었다. 속기사가 될 수 없으니 사무직의 눈부신 은하수로 들어갈 수도 없었다. 그래서 그녀는 프리랜서 타자수로서 닥치는 대로 일거리를 찾았다.

세상과 맞서 세라가 치렀던 전투에서 가장 빛나는 위업은 슐렌버그 홈 레스토랑과 한 작업이었다. 그 식당은 그녀가 세 들어 사는 오래된 붉은색 벽돌 건물 옆에 있었다. 어느 날 저녁 슐렌버그 식당의 다섯 가지 코스로 이루어진 40센트짜리 정식(흑인 신사의 머리에 야구공 다섯 개를 날리는 것만큼이나 빨리 음식이 나오는)을 먹은 후, 세라는 메뉴가 적힌 종이를 가지고 나왔다. 메뉴는 영어인지 독일어인지 알아보기도 힘들게 휘갈겨 쓰여 있었다. 어찌나 엉망진창인지 주의해서 잘 보지 않는다면 이쑤시개와 쌀 푸딩으로 시작해 수프와 요일로 끝나는 줄 알 것이다.

이튿날 세라는 슐렌버그에게 "오르되브르"에서 "외투와 우산을 꼭 챙기세요"까지 적절한 제목 아래 매력적으로 늘어선 요리들이 근사하게 타이핑된 깔끔한 메뉴판을 보여주었다.

슐렌버그는 그 자리에서 귀화 시민이 되었다. 세라는 기꺼이 계약을 하기로 하고 식당을 떠났다. 그녀는 식당의 스물한 개 테이블에 놓을 메뉴를 타자로 쳐서 주기로 했다. 매일 저녁 새로운 메뉴판을 만들어주고, 음식에 변화가 있거나 깨끗한 메뉴판이 필요할 때는 아침과 점심 메뉴판도 새로 만들어 주는 것이었다.

이에 대한 대가로 슐렌버그는 세라의 방으로 가능하면 고분고분한 웨이터를 시켜서 매일 세끼 식사를 날라다주기로 했다. 그리고 오후마다 그다음 날 슐렌버그의 고객들을 위해 준비해둔 연필 초안도 주었다.

양쪽 다 계약에 만족했다. 가끔 슐렌버그의 단골들은 혼란스러워했지만 이제 자기들이 먹는 음식이 무엇인지는 알게 되었다. 그리고 세라는 춥고 지루한 겨울 동안 먹을 것이 있었다. 그녀에게는 중요한 일이었다.

봄이 왔다. 봄은 때가 되면 온다. 1월의 얼어붙은 눈이 아직도 온 도시의 거리에 녹지 않은 채 남아 있었다. 손풍금은 여전히 〈좋았던 지난여름에〉를 12월의 활기와 감정을 담아 연주했다. 사람들은 부활절 옷을 사기 위해 돈을 모으기 시작했다. 수위들은 난방을 차단했다. 이런 일들이 벌어지고 있어도 여전히 도시가 겨울의 손아귀에 있다고 느낄 것이다.

어느 날 오후 세라는 우아한 문간방에서 몸을 떨고 있었다. "난방 있음. 청소 상태 좋음. 편의 시설 있음. 직접 와서 확인 가능"이라고 광고한 방이었다. 세라는 슐렌버그 식당의 메뉴판을 만들어주는 것 말고는 일거리가 없었다. 끼익끼익 소리가 나는 버드나무 흔들의자에 앉아 창밖을 내다보았다. 벽에 붙은 달력이 그녀에게 계속해서 외치고 있었다. "봄이야, 세라…… 봄이 왔다고. 정말이야. 나를 봐, 세라. 내 숫자를 보면 알잖아. 당신은 보기 좋은 몸매를 가졌어, 세라. 이 멋진 봄에 어울리는 몸매야. 그런데 왜 그렇게 슬픈 얼굴로 창밖을 보고 있어?"

세라의 방은 집 뒤쪽에 있었다. 창밖을 보니 옆 거리 상자 공장의 창문 없는 벽돌 벽이 보였다. 하지만 그 벽은 수정처럼 깨끗했다. 세라는 벚나무와 느릅나무들이 그늘을 드리우고 길 양옆으로 라즈베리 덤불과 체로키 장미가 있는 잔디 덮인 골목길을 내려다보았다.

진짜 봄의 전조는 너무나 미묘해서 눈과 귀로는 잡을 수 없다. 어떤 이들은 꽃 피는 크로커스, 별이 빛나는 것 같은 층층나무, 파랑새의 노랫소리로 안다. 물러가는 메밀과 굴의 작별 악수 같은 거친 신호를 보고서야 녹색 옷의 귀부인을 둔한 가슴에 맞이할 수 있게 되는 이들도 있다. 그러나 늙은 대지가 가려 뽑은 어떤 이들에게는 그들이 선택하지 않는 한 절대 의붓자식으로 만들지 않겠다고 알리는 달콤한 메시지가 새 신부로부터 곧장 날아오기도 한다.

지난여름, 세라는 시골에 갔다가 한 농부와 사랑에 빠졌다. (소설을 쓸 때는 절대로 이렇게 뒤로 돌아가면 안 된다. 나쁜 기교이고, 관심을 떨어뜨린다. 앞으로 쭉쭉 진행해나가기로 하자.)

세라는 서니브룩 농장에서 이 주간 지냈다. 거기에서 늙은 농부 프랭클린의 아들인 월터와 연인이 되었다. 농부들은 사랑을 하고 결혼하고 다시 농장으로 돌아가는 데 그리 긴 시간이 걸리지 않는다. 하지만 젊은 월터 프랭클린은 현대적인 농업 전문가였다. 그는 외양간에 전화를 설치했고, 다음 해 캐나다의 밀 수확량이 한밤중에 심은 감자에 어떤 영향을 줄지 정확히 계산해낼 수 있었다.

월터가 그녀에게 구애하고 그녀의 마음을 얻었던 자리가 바로 이 그늘지고 라즈베리가 우거진 오솔길이었다. 그들은 함께 앉아서 그녀의 머리에 쓸 민들레 왕관을 엮었다. 그는 노란 꽃이 그녀의 갈색 머리카락에 잘 어울린다고 입에 침이 마르도록 칭찬했다. 그녀는 화관을 머리에 쓰고 손에 든 밀짚모자를 흔들며 집으로 돌아갔다.

그들은 봄에 결혼하기로 했다. 월터는 봄의 첫 신호가 오면 하자고 했다. 그리고 세라는 도시로 돌아와 타자기를 두드렸다.

문 두드리는 소리에 세라는 그 행복했던 시절의 꿈에서 깨어났다. 늙은 슐렌버그가 앙상한 손으로 휘갈겨 쓴 홈 레스토랑의 다음 날 메뉴를 웨이터가 가져온 것이다.

세라는 타자기 앞에 앉아서 롤러 사이에 메뉴를 끼웠다. 그녀는 작업 속도가 빨랐다. 보통 한 시간 반이면 메뉴판 스물두 개를 다 끝냈다.

오늘은 평소보다 메뉴에 변화가 많았다. 수프는 더 가벼워졌고, 돼지고기가 앙트레•에서 빠지고 구이 요리 가운데 러시아 순무와 함께 모습을 드러냈다. 봄의 우아한 분위기가 온 메뉴에 다 퍼져 있었다. 요즘 푸르러가는 언덕을 뛰어노는 양은 그 활기찬 걸음걸이를 기념하는 소스와 함께 나오게 되었다. 굴의 노래가 잠잠해지지는 않았지만 서서히 그 소리를 줄여갔다. 프라이팬은 활동을 멈추고 자비로운 그릴 뒤로 들어간 듯했다. 파이 목록은 부풀어 올랐다. 더 진한 푸딩들은 사라졌다. 소시지는 휘장을 두르고 달콤하지만 운이 다한 단풍시럽과 메밀과 함께 유쾌한 죽음에 대한 명상에 잠긴 듯했다.

세라의 손가락이 여름 시냇물의 소인들처럼 춤을 추었다. 각각의 항목마다 정확하게 길이에 따라 제 위치에 놓고 코스요리들을 타자로 쳐나갔다. 디저트 바로 위로 야채 목록이 있었다. 당근과 강낭콩, 토스트 위에 얹은 아스파라거스, 다년생 토마토, 옥수수, 옥수수콩, 라이머콩, 양배추, 그리고…….

• '전채 요리'를 뜻하는 프랑스어. 미국에서는 '메인 요리'를 의미한다.

세라는 메뉴판을 앞에 놓고 울고 있었다. 가슴속 깊숙이 어떤 신성한 소망으로부터 눈물이 솟아 나와 눈가에 고였다. 작은 타자기 받침대 위에 고개를 떨구었다. 자판이 달가닥거리며 그녀의 물기 어린 흐느낌을 건조하게 함께했다.

월터에게서 아무런 연락도 오지 않은 지 이 주째였다. 그런데 메뉴판의 다음 항목이 민들레였다. 민들레를 곁들인 달걀……. 하지만 달걀은 신경 쓰지 말자! 월터가 사랑의 여왕이자 미래의 신부에게 왕관으로 만들어 씌워주었던 그 황금빛 민들레(민들레, 봄의 전령, 그녀의 슬픔의 왕관), 가장 행복했던 나날을 떠올리게 하는 꽃이었다.

이런 시련을 겪어보지 않았다면 웃을지도 모르겠다. 하지만 당신이 퍼시에게 마음을 주었던 바로 그날 밤, 그에게서 받았던 장미가 슐렌버그 식당의 정식에 프렌치드레싱을 친 샐러드로 눈앞에 나온다고 생각해보라. 줄리엣이 자신의 사랑의 증표가 이렇게 치욕을 당하는 걸 본다면 실력 좋은 약제사에게 망각의 약초를 구할지도 모른다.

하지만 봄은 얼마나 마녀와도 같은가! 돌과 쇠로 이루어진 거대한 추운 도시에도 봄의 전갈은 와야만 했다. 거친 초록 외투와 온화한 공기로 덮인 들판의 작지만 굳센 전령밖에는 이를 전할 사람이 없었다. 그는 바로 진정한 행운의 병사, 프랑스 요리사들은 사자의 이라고도 부르는 민들레다. 민들레는 꽃이 피면 숙녀의 암갈색 머리카락에 화환이 되어 연애를 돕고, 어리고 미숙해서 아직 꽃 피지 않은 상태일 때는 끓는 냄비 속에 넣어져 지고하신 여주인의 말씀을 전한다.

세라는 천천히 눈물을 거두었다. 메뉴판을 끝내야 했다. 하지만 그녀는 민들레 꿈에 비치는 희미한 황금빛 속에서 자신의 젊은 농부와 함께 마음을 온통 초원길에 놓아두고는 잠시 멍하니 타자기 자판을 눌렀다. 그러나 이내 맨해튼의 자갈투성이 골목길로 되돌아왔고, 타자기가 파업 대체 투입 노동자의 자동차처럼 요란하게 덜거덕거렸다.

6시에 웨이터가 저녁을 가져다주며 타자로 친 메뉴판을 가져갔다. 세라는 식사를 하다가 한숨을 쉬며 달걀과 함께 나온 민들레 접시를 밀어놓았다. 이 밝고 사랑을 보증하는 꽃이 수치스러운 채소로 변해버렸듯이 그녀가 품은 여름날의 희망 또한 시들고 사위어버렸다. 셰익스피어가 말했듯이 사랑은 사랑을 먹고 사는 법이다. 하지만 세라는 가슴속 진실한 애정의 첫 번째 영적 연회를 장식해주었던 민들레를 차마 먹을 수는 없었다.

7시 반이 되자 옆방의 부부가 싸우기 시작했다. 위층 남자는 플루트로 A 음을 불었다. 가스가 조금 더 약하게 나왔다. 석탄 마차 세 대가 짐을 부리기 시작했다. 축음기도 질투할 소리라면 이것뿐이다. 뒤편 울타리 위에서 고양이들이 어딘지 모를 머나먼 곳으로 천천히 물러갔다. 이를 신호로 세라는 책을 읽을 시간이 되었음을 알았다. 그녀는 그달에 가장 안

팔린 책인 《수도원과 난로》를 꺼내 트렁크 위에 발을 올리고 제러드와 함께 여기저기 헤매기 시작했다.

대문 초인종이 울렸다. 여주인이 대답했다. 세라는 곰에 쫓겨 나무 위로 올라간 제러드와 데니스를 놔두고 귀를 기울였다. 아, 그렇다. 누구라도 이런 상황에서는 그녀처럼 할 것이다.

굵은 목소리가 아래층 복도에서 들렸다. 세라는 펄쩍 뛰며 일어나 곰과의 첫판을 제쳐놓은 채 바닥에 책을 놓고 문가로 달려갔다.

아마 여러분도 짐작했을 것이다. 그녀가 계단 맨 위까지 왔을 때 그녀의 농부가 모습을 나타내더니 한 번에 세 계단씩 뛰어 올라와 이삭 하나 남기지 않고 그녀를 수확했다.

"왜 편지 쓰지 않았어요, 왜?" 세라가 소리쳤다.

월터 프랭클린이 말했다. "뉴욕은 정말 큰 도시군요. 일주일 전에 당신의 옛 주소로 찾아갔어요. 목요일에 당신이 떠났다고 하더군요. 좀 위안이 되었어요. 금요일에 올지도 모를 액운은 없애주었으니까요. 하지만 그래도 경찰과 함께 당신을 찾아다녔지요!"

"내가 편지를 썼는데!" 세라가 흥분한 목소리로 외쳤다.

"편지는 오지 않았어요!"

"그럼 어떻게 나를 찾았어요?"

젊은 농부는 봄날 같은 미소를 지었다.

"오늘 저녁에 옆 건물의 홈 레스토랑에 갔었어요. 몰라도 상관없는 얘기지만, 한 해 중 이맘때면 야채 요리를 좀 먹고 싶어지더라고요. 그 줄에 뭔가 없나 하고 타자기로 잘 친 메뉴판을 훑어보았어요. 양배추 아래까지 왔을 때 의자를 박차고 일어나 주인을 불렀지요. 주인이 나에게 당신이 사는 곳을 알려주었어요."

"기억나요. 양배추 밑에 민들레가 있었죠." 세라가 행복에 겨워 한숨을 내쉬었다.

"세상 어디에서 보아도 당신의 타자기가 찍어낸 줄 위로 삐딱하게 올라간 대문자 W는 알아볼 수 있어요." 프랭클린이 말했다.

"아, 하지만 민들레(dandelion)에는 W가 없는데요." 세라가 깜짝 놀라서 말했다.

젊은이는 호주머니에서 메뉴를 꺼내 한 줄을 가리켰다.

세라는 그날 오후 자신이 타자로 쳤던 첫 번째 메뉴판을 알아보았다. 눈물이 떨어졌던 위쪽 오른편 구석에 아직도 얼룩이 남아 있었다. 하지만 목초지 식물의 이름이 있어야 할 바로 그 자리에, 그들이 가졌던 황금빛 꽃의 지워지지 않는 기억이 그녀의 손가락을 움직여 엉뚱한 자판을 치게 했던 것이다.

적양배추와 속을 채운 초록 고추 사이에 적힌 요리는 이러했다.

"완숙 달걀을 곁들인, 사랑하는 월터(Walter)."

마지막 잎새

워싱턴 스퀘어 서쪽의 작은 구역에서 어지럽게 이어지는 거리들은 '광장'이라 불리는 좁은 공터와 만나 끊어지곤 했다. 이 '광장'들 때문에 길들이 엉뚱한 데서 휘어지고 굽었다. 거리 하나가 한두 군데서 다시 겹쳐지기도 했다. 한 화가가 이 거리에서 제법 괜찮은 가능성을 발견했다. 수금원이 물감, 종이, 캔버스 청구서를 들고 이 길로 들어온다면, 외상값을 한 푼도 받지 못하고 되돌아가게 될 것 아닌가!

그래서 곧 예술 종사자들은 신기하고 오래된 그리니치빌리지를 배회하며 북향 창과 18세기식 박공지붕, 네덜란드식 다락과 낮은 집세를 찾아다니게 되었다. 그들은 백랍 머그잔과 냄비를 6번가에서 가져와 '군락'을 이루었다.

천장이 낮은 3층짜리 벽돌집 맨 위층에 수와 존시가 화실을 꾸렸다. '존시'는 조애나의 애칭이었다. 한 명은 메인 출신이고, 또 한 명은 캘리포니아에서 왔다. 그들은 8번가 '델모니코' 식당에서 정식을 먹다가 만나서 예술, 치커리 샐러드, 비숍 슬리브에 대해 공통된 취향을 갖고 있음을 알았고, 서로 마음이 맞아서 결국 공동 화실까지 만들었다.

그것이 5월이었다. 11월이 되자 의사들이 폐렴이라고 부르는 눈에 보이지 않는 싸늘한 이방인이 그 동네에 나타나 얼음 같은 손가락으로 여기저기 건드리고 다녔다. 이 파괴자는 동쪽 지역에서는 대담하게 활보하며 수많은 희생자를 감염시켰지만, 비좁고 이끼 낀 '광장'의 미궁 속에서는 발걸음이 느려졌다.

폐렴 씨는 기사도를 갖춘 노신사라고 부를 만한 존재가 아니었다. 캘리포니아의 산들바람에 피가 묽어진 어린 여성은 붉은 주먹에 숨을 가쁘게 몰아쉬는 늙은 얼간이에게 상대가 되지 못했다. 하지만 폐렴이 공격한 것은 존시였다. 그녀는 페인트칠을 한 철제 침대에 누워 거의 움직이지도 못하고 작은 네덜란드식 창 너머로 옆집 벽돌담만 쳐다보았다.

어느 날 아침, 회색 눈썹이 덥수룩하게 자란 의사가 수를 복도로 불러냈다.

"존시가 회복될 가망은 열에 하나예요." 의사는 의료용 체온계의 수은을 흔들면서 말했다. "그리고 그 가능성은 존시의 살고 싶다는 의지에 달려 있지. 이렇게 장의사 쪽에 줄을 서 있으면 약이고 뭐고 다 소용없단 얘기요. 당신의 어린 친구는 자기가 회복되지 못할 거라고 이미 단정 지었어요. 존시가 뭐든 마음에 둔 게 있어요?"

"존시는…… 언젠가 나폴리만을 그리고 싶다고 했어요." 수가 대답했다.

"그림이라고? 말 같지도 않은 소리! 달리 좀 소중하게 여기는 게 있나요? 예를 들면 남자라든지?"

"남자요?" 수는 퉁명스럽게 대꾸했다. "남자가 소중하다니…… 아뇨, 선생님, 그런 건 생각지도 않아요."

의사가 말했다. "그게 문제로군요. 내 힘닿는 데까지, 의학으로 할 수 있는 건 전부 다 할 거요. 하지만 내 환자가 장례식 행렬에 올 마차 대수나 헤아리기 시작한다면 의약으로 치유할 확률은 절반으로 떨어져요. 환자가 올겨울에 유행할 외투 소매에 대해서 질문이라도 하게 된다면, 장담하는데 회복될 확률은 10분의 1이 아니라 5분의 1이 돼요."

의사가 떠난 후 수는 작업실로 들어와 일본제 냅킨이 다 젖어 뭉개지도록 울었다. 그러고 나서 휘파람으로 재즈 가락을 불며 화판을 들고 힘찬 걸음걸이로 존시의 방에 들어갔다.

존시는 창 쪽으로 고개를 돌린 채 침구에 주름 하나 만들지 않고 가만히 누워 있었다. 수는 존시가 잠든 줄 알고 휘파람을 멈추었다.

수는 화판을 놓고 잡지에 단편 삽화로 실을 펜화를 그리기 시작했다. 젊은 작가들이 문학으로 가는 길을 닦기 위해 쓰는 잡지 단편에, 젊은 화가들은 삽화를 그림으로써 예술로 가는 길을 닦았다.

수가 아이다호의 카우보이인 주인공의 우아한 승마 대회용 승마 바지와 외알박이 안경을 스케치하던 중 뭔가를 여러 차례 나지막이 되풀이하는 소리가 들렸다. 그녀는 재빨리 침대가로 다가갔다.

존시가 눈을 크게 뜨고 있었다. 그녀는 창밖을 바라보며 수를 헤아렸다. 거꾸로 수를 세고 있었다.

"열둘." 잠시 후 "열하나". 그러더니 "열", "아홉", "여덟"과 거의 동시에 "일곱"을 세었다.

수는 걱정스레 창밖을 보았다. 무얼 세는 걸까? 보이는 것이라고는 텅 빈 황량한 마당과 5미터쯤 떨어져 있는 벽돌집의 휑한 벽밖에는 없었다. 이리저리 뒤틀리고 뿌리가 썩은 늙은 담쟁이덩굴이 벽돌담을 절반쯤 기어 올라가 있었다. 가을의 차디찬 숨결에 이파리들은 거의 다 떨어졌고, 헐벗은 가지만 바스러진 벽돌에 달라붙어 있었다.

"뭐 하는 거야?" 수가 물었다.

"여섯." 존시가 거의 속삭이듯 중얼거렸다. "이제 더 빨리 떨어지네. 사흘 전만 해도 백 개는 있었는데. 다 세려니 머리가 아플 지경이었어. 하지만 이제는 쉬워졌어. 또 하나 떨어졌다. 이제 다섯 개밖에 안 남았어."

"뭐가 다섯이야? 나한테도 말해줘."

"이파리 말이야. 담쟁이덩굴에. 마지막 잎새가 떨어지면 나도 떠나는 거야. 사흘 전부터 알았어. 의사 선생님이 너한테도 말해주지 않던?"

"아, 그런 말도 안 되는 소리는 들은 적도 없어." 수가 한껏 경멸하는 투로 화를 냈다. "늙은 담쟁이 잎이 네가 회복되는 거랑 무슨 관계가 있다고? 그리고 저 덩굴을 전에는 그렇게 좋아했으면서. 바보 같은 소리 그만둬. 의사 선생님이 오늘 아침 말씀하시길, 네가 곧 나을 확률을 딱 이렇게 말씀하셨다고. 열에 아홉이래! 뉴욕에서 전차를 타거나 새 건물 옆을 지나갈 확률과 비슷하다고. 이제 이 수프나 좀 먹어봐. 나는 다시 그림을 그려야겠으니. 그래야 저걸 편집자한테 팔아서 우리 아픈 아이를 먹일 포도주랑 식탐 많은 내가 먹을 포크촙을 사지."

"포도주는 필요 없을 거야." 존시가 창밖에 시선을 고정한 채 말했다. "또 한 잎 떨어졌네. 아니, 수프도 먹고 싶지 않아. 이제 네 개밖에 안 남았네. 어두워지기 전에 마지막 잎이 떨어지는 걸 보고 싶어. 그럼 나도 떠날 거야."

수가 그녀 위로 몸을 굽히고 말했다. "존시, 내가 일을 끝낼 때까지 눈감고 창밖은 보지 않겠다고 약속해줄래? 내일까지는 저 그림을 끝내야 해. 빛이 필요해서 놔두는 거지 안 그랬으면 블라인드를 내렸을 거야."

"다른 방에서 그리면 되잖아?" 존시가 쌀쌀맞게 대꾸했다.

수가 말했다. "네 옆에 있고 싶어서 그래. 그리고 네가 저 말도 안 되는 담쟁이 잎을 계속 보고 있는 거 싫어."

"다 끝나면 말해줘." 존시가 눈을 감고 쓰러진 조각상처럼 누워서 창백하고 고요하게 말했다. "마지막 잎새가 떨어지는 걸 보고 싶단 말이야. 기다리기도 지쳤어. 생각하는 것도 지겨워. 전부 다 놓아버리고 저 불쌍한, 지친 이파리들처럼 떠내려가고 싶어."

수가 말했다. "잠을 자도록 해봐. 난 베어먼 씨에게 늙은 은자 광부로 모델을 서달라고 부탁해야 해. 금방 돌아올게. 내가 돌아올 때까지 움직이면 안 돼."

베어먼 노인은 그들 아래 1층에 사는 화가였다. 예순 살이 넘었고 작은 도깨비 같은 몸에 사티로스 같은 머리를 하고 미켈란젤로의 모세같이 곱슬인 턱수염을 길렀다. 베어먼은 화가로서는 실패자였다. 40년 동안 붓을 휘둘렀지만 성공의 근처까지도 가보지 못했다. 항상 머잖아 걸작을 그릴 거라고 큰소리쳤지만 아직 시작도 하지 못했다. 수년째 가끔 상업적인 그림이나 광고를 그리는 정도였다. 전문 모델을 구할 여유가 없는 동네의 젊은 화가들에게 모델을 서주고 푼돈을 벌었다. 진을 지나치게 많이 마셨고, 여전히 곧 그릴 걸작 얘기를 떠들어댔다. 그 외에는 성질 고약한 늙은이일 따름이었다. 누구한테서든 약한 구석이 보이면 심하게 조롱했지만, 위층 화실의 두 젊은 화가를 지키는 데에는 충실한 경비견처럼 나섰다.

수가 내려가보니 베어먼의 어둠침침한 방에서 노간주나무 술 냄새가 확 풍겼다. 한쪽 구석에는 25년간 걸작의 첫 번째 선이 그려지기를 기다려온 텅 빈 캔버스가 이젤 위에 놓여 있었다. 수는 베어먼에게 존시의 공상에 대해 이야기했다. 정말로 잎새처럼 가볍고 연약해져버린 존시가 세상에 미련을 놓고 떠나버릴까 두렵다고 호소했다.

늙은 베어먼은 벌건 눈에서 눈물을 흘리면서 그런 바보 같은 상상에 대한 경멸과 무시를 쏟아냈다.

"뭐! 이파리가 빌어먹을 덩굴에서 떨어졌다고 죽는다니 세상에 그런 바보 같은 사람이 있나? 그런 소리는 듣도 보도 못했구먼. 아, 그 망할 은자인지 뭔지 모델도 안 하겠네. 어쩌자고 그런 어리석은 생각을 하게 놔두었나? 아이고, 불쌍한 존시."

수가 말했다. "그 애는 많이 아프고 약해져 있어요. 열병 때문에 마음까지 병들어서 이상한 공상만 하게 되었다고요. 좋아요, 베어먼 씨. 저를 위해 모델을 서주기 싫으시면 안 하셔도 돼요. 하지만 당신은 정말 성질 고약한 노인이에요."

베어먼이 소리를 질렀다. "여자들 소갈딱지하고는! 누가 안 한댔나? 가봐. 나도 곧 갈 테니. 삼십 분 전부터 모델 설 준비가 됐다고 말해줄랬는데. 여기는 존시 양같이 착한 사람이 앓고 있을 곳이 못 돼. 언젠가 내가 걸작을 그릴 테니 다 같이 여기를 뜨자고. 젠장! 그래."

그들이 위층으로 올라가니 존시는 잠들어 있었다. 수는 창턱까지 블라인드를 내리고 베어먼에게 다른 방으로 가자고 몸짓으로 말했다. 그들은 거기에서 걱정스럽게 창밖의 담쟁이넝쿨을 힐끔거렸다. 그러고는 잠시 말없이 서로 마주 보았다. 눈과 뒤섞인 차가운 비가 그칠 줄 모르고 내렸다. 낡은 푸른색 셔츠를 입은 베어먼은 바위 대신으로 뒤집어놓은 냄비 위에 앉아 은자 광부의 자세를 취했다.

수가 다음 날 아침 한 시간 정도 자고 일어나서 가보니 존시는 잠이 덜 깬 눈을 크게 뜨고 내려진 녹색 블라인드를 바라보고 있었다.

"저걸 걷어줘. 보고 싶어." 존시가 나지막이 명령했다.

수는 지친 기색으로 그 말을 따랐다.

그러나, 이럴 수가! 기나긴 밤 동안 거친 비바람이 몰아쳤는데도 벽돌담에는 담쟁이 잎 하나가 매달려 있었다. 덩굴에 남은 마지막 잎새였다. 줄기 옆은 여전히 진초록이었지만, 톱니바퀴 모양의 테두리는 시들고 상해서 누렇게 변한 채로 용감하게도 땅에서 5미터 정도 높은 가지에 매달려 있었다.

존시가 말했다. "마지막 잎새야. 밤사이 틀림없이 떨어졌을 줄 알았는데. 바람 소리가 굉장했거든. 오늘은 떨어질 거야. 그러면 나도 함께 죽을 거고."

"제발 좀!" 수가 지친 얼굴을 베개에 묻으며 소리쳤다. "너 자신을 생각지 않겠다면, 내 생각이라도 해줘. 나는 어쩌란 말이니?"

그러나 존시는 대답하지 않았다. 세상에서 가장 외로운 것이 신비스러운 머나먼 여행을 떠날 준비를 하는 영혼이다. 그 생각은 우정을 비롯해 지상에 묶어둔 매듭이 하나씩 풀리면서 그녀를 더 강하게 사로잡는 듯했다.

하루가 저물어갔다. 해 질 녘에도 그들은 벽 위의 가지에 붙은 단 하나 남은 담쟁이 잎을 볼 수 있었다. 밤이 오자 다시 북풍이 몰아쳤고 세차게 창을 때렸던 비는 나지막한 네덜란드식 처마에서 우두둑 떨어졌다.

날이 충분히 밝아오자 존시는 가차 없이 블라인드를 올려 달라고 요구했다.

담쟁이 잎은 그 자리에 그대로 있었다.

존시는 한참을 누워서 그 잎을 바라보았다. 그러더니 수를 불렀다. 수는 가스스토브 위에서 닭고기 수프를 젓던 중이었다.

존시가 말했다. "난 정말 나쁜 아이였어, 수디. 내가 얼마나 못됐는지 깨우쳐주려고 뭔가가 마지막 잎새를 저기 남겨두었나봐. 죽고 싶어 하는 건 죄악이야. 이제 수프 좀 갖다줘. 포도주를 약간 넣어서 우유도 좀 주고. 그리고…… 아냐, 우선 손거울부터 좀 갖다줘. 그리고 내 옆에 베개를 좀 더 쌓아줘. 일어나 앉아서 네가 요리하는 걸 볼래."

한 시간 후 존시가 말했다.

"수디, 언젠가 나폴리만을 그려보고 싶어."

오후에 의사가 찾아왔다. 수는 의사가 떠날 때 복도로 잠시 나왔다.

의사가 수의 떨리는 손을 꼭 잡고 말했다. "잘 간호해준 덕분에 회복할 가능성은 반반이 됐어요. 이제 나는 아래층에 다른 환자를 보러 가야 해요. 이름이 베어먼이라던데, 화가라던가. 그 사람도 폐렴이에요. 나이도 많고 몸도 쇠약해서 증세가 위중해요. 그는 가망이 없어요. 하지만 좀 더 편하게 지내도록 오늘 병원으로 옮길 예정이에요."

이튿날 의사가 수에게 말했다. "고비는 넘겼어요. 당신이 이겼군요. 이제 영양가 있는 걸 먹이고 잘 돌봐주기만 하면 돼요."

그날 오후 수는 존시가 누워 있는 침대로 갔다. 존시는 쓸모는 없어 보이는 푸른색 모직 스카프를 만족스러운 얼굴로 뜨고 있었다. 수는 한 팔로 베개와 함께 그녀를 껴안았다.

"하얀 생쥐야, 할 말이 있어. 베어먼 씨가 오늘 병원에서 폐렴으로 돌아가셨대. 겨우 이틀 앓고서 말이야. 수위가 첫날 아침에 아래층에서 괴로워하는 베어먼 씨를 발견했대. 신발이랑 옷이 다 젖어서 얼음처럼 차가웠대. 그런 끔찍한 밤에 어디에 있었던 건지 알 수가 없었다는 거야. 그런데 아직 불이 켜진 랜턴이랑 제자리에서 끌어낸 사다리도 있더래. 붓 몇 개가 흩어져 있고, 초록색이랑 노란색 물감을 짜서 섞어놓은 팔레트도 있었대. 창밖을 봐. 벽의 저 마지막 담쟁이 잎을 보라고. 바람이 부는데 어째서 저 잎은 꿈쩍도 하지 않는지 이상하지 않았니? 아, 저게 베어먼 씨의 걸작이야. 마지막 잎새가 떨어진 날 밤, 베어먼 씨가 저걸 그려놓으신 거야."

힘들게 얻은 과일의 작은 흠집

신혼 기간이 한창이었다. 주방 식탁 옆의 웨인스코팅으로 장식해둔 선반에는 백랍 뚜껑을 덮은 맥주잔이 여섯 개 놓여 있고, 술 달린 칸막이 커튼이 쳐져 있으며, 새빨간 새 카펫이 깔려 있는 집이었다. 아직도 그들에게는 경이로운 광경이었다. 그중 누구도 강가의 노란 앵초를 본 적이 없었다. 하지만 그때 이런 광경이 그들 눈에 들어왔다면 비슷했을 것이다. 시인이 앵초 옆에서 바로 그런 사람들이 무엇을 보게 되리라 기대했든 상관없다.

신부는 흔들의자에 앉아 있었다. 장밋빛 기모노 차림으로 같은 빛깔의 꿈에 잠겨 있었다. 그린란드와 태즈메이니아와 발루치스탄 사람들이 자신과 키드 맥개리의 결혼에 대해 뭐라고 말하고 있을까 궁금했다. 뭐라고 말하든 상관없기는 했다. 런던에서 서던 크로스까지 통틀어서 네 시간, 아니 4라운

드까지라도 그녀의 신랑을 맞아 버틸 수 있는 웰터급 권투선수는 없었다. 그리고 그가 그녀의 것이 된 지 삼 주째였다. 그녀는 작은 손가락을 한 번 까딱하기만 하면 전 세계 그 어떤 65킬로그램 몸무게의 주먹 이상으로 그를 흔들어놓을 수 있었다.

사랑이 우리 것일 때는 자기희생과 헌신의 다른 이름이다. 그 반대편에 있는 사람들의 것일 때는 오만과 허영을 뜻한다.

신부는 자기 옥스퍼드화에서 시선을 옮겨 천장에 수성도료로 그려진 큐피드를 생각에 잠겨 들여다보았다.

"귀한 것, 복숭아가 먹고 싶네." 그녀가 안토니우스에게 로마를 휴지로 싸서 집까지 배달해달라고 부탁하는 클레오파트라 같은 분위기로 말했다.

키드 맥개리가 벌떡 일어나 외투를 입고 모자를 썼다. 그는 진지하고, 면도를 말끔히 했으며, 감상적이고, 잽쌌다.

"좋아." 그가 잉글랜드 챔피언과 대전하겠다는 조항에 서명하기로 동의하는 것처럼 차분하게 말했다. "내려가서 자기를 위해 하나 구해 올게. 알겠지?"

신부가 말했다. "빨리 갔다 와야 해. 자기 없으면 외로우니까. 잘 익은 좋은 것으로 부탁할게."

외국으로 항해를 떠나기 직전에나 걸맞을 듯한 긴 작별 인사를 나누고, 키드는 거리로 나왔다.

당연한 일이지만 여기에서 그는 망설였다. 아직 계절이 초

봄이었으니 싸늘한 거리와 상점 그 어디에서도 여름의 최전성기에만 얻을 수 있는 감미롭고 탐나는 포상을 찾아낼 가망이 없어 보였다.

그는 길모퉁이의 이탈리아인이 하는 과일 가게에서 발을 멈추고 거기 진열된 종이에 싼 오렌지, 광이 번쩍번쩍 나는 사과, 햇빛에 굶주린 창백한 바나나를 경멸의 시선으로 훑었다.

"복숭아 있어요?" 그가 연인 중의 연인인 단테 같은 투로 물었다.

상인이 한숨을 쉬었다. "아, 없어요. 복숭아가 나오려면 한 달은 더 있어야 해요. 너무 일러요. 오렌지 좋은 거 있는데, 오렌지는 어때요?"

키드는 경멸하는 모습으로 탐색을 이어갔다. 그의 친구이자 팬인 저스터스 오캘러핸이 하는, 밤새 문을 여는 음식점 겸 카페 겸 볼링장으로 들어갔다. 오캘러핸은 건물 안에서 물새는 곳을 찾고 있었다.

키드가 그에게 말했다. "용건부터 말하지. 아내가 복숭아를 먹고 싶어 죽겠대. 복숭아 있으면 좀 빨리 줘봐. 복숭아가 잔뜩 있다면 나도 그렇고 다른 사람들도 좋아할 거야."

오캘러핸이 말했다. "이 집에 있는 건 다 자네 거나 마찬가지야. 하지만 복숭아는 없는걸. 너무 일러. 브로드웨이의 고급 음식점에 가도 없을 거야. 안됐구먼. 숙녀가 어느 한 과일을 콕 집어서 말한다면 다른 건 다 소용없지. 최고급 과일 가게 중에서 연 데를 찾기에도 너무 늦은 시간이야. 하지만 부인이 좋은 오렌지도 마음에 들어 할 것 같으면 좋은 놈으로 한 상자 들여놓았는데…….”

“정말 고맙네, 캘. 마나님이 징을 울려 가져오라 하신 건 복숭아라네. 더 찾아보겠네.”

키드가 웨스트사이드가로 나왔을 때는 자정이 가까워진 시간이었다. 문을 연 가게도 거의 없고, 열었어도 복숭아가 있을 것 같지 않았다.

그러나 신부는 안락한 성 같은 신혼집에서 자신의 페르시아 과일을 확신을 갖고 기다리고 있었다. 웰터급 권투선수 챔피언이 복숭아 하나를 못 찾는다니? 계절과 황도대와 책력을 의기양양하게 성큼성큼 가로질러 그의 소중한 신부에게 복숭아 하나를 가져다주지 못하겠는가?

키드의 눈길이 불 켜진, 자연의 가장 유혹적인 화려한 색채들로 칠해진 창문에 멈추었다. 갑자기 불이 꺼졌다. 키드는 잽싸게 달려가 문을 닫고 있는 과일 가게 주인을 붙잡았다.

“복숭아 있어요?” 그가 대단히 신중하게 물었다.

“아, 없어요. 삼사 주는 더 있어야 해요. 복숭아를 구할 수 있는 곳도 모르겠고요. 시내에 가면 있을지도 모르지만, 찾기 어려울걸요. 고급 호텔에는 있으려나……. 돈을 물 쓰듯 쓰는 그런 곳이라면 말이죠. 하지만 오렌지는 아주 좋은 게 있는데. 오늘 배에서 막 내린 거예요.”

키드는 잠시 모퉁이에서 서성거리다가 어두운 골목으로 내려가는 계단에서 새어 나오는 한 쌍의 초록 불빛을 향해 잽싼 발걸음을 옮겼다.

"서장님 계세요?" 그가 경찰서의 내근 경사에게 물었다.

그때 서장이 뒤쪽에서 잰걸음으로 걸어 나왔다. 그는 평복 차림에 바빠 보였다.

"안녕한가, 키드." 그가 권투선수에게 인사를 건넸다. "신혼여행 중인 줄 알았더니만?"

"어제 돌아왔어요. 이제 저도 어엿한 시민입니다. 시정에 관심을 좀 가져보려고요. 오늘 밤 덴버 딕네를 덮치시면 어떻습니까, 서장님?"

"그건 이미 끝났네. 덴버는 두 달 전에 문을 닫았어." 서장이 턱수염을 손으로 꼬면서 말했다.

"맞습니다. 래퍼티가 그를 43번가에서 쫓아냈지요. 지금 서장님 구역으로 들어왔어요. 전에 없이 큰 게임을 벌이고 있지요. 저는 도박업은 못 참아주겠어요. 서장님이 그의 도박을 막아주셨으면 해요."

"내 구역에서? 확실한가, 키드? 알려줘서 고맙네. 자네 거기 들어갈 수 있나? 어떻게 처리하지?" 서장이 으르렁거렸다.

키드가 대답했다. "망치를 쓰면 돼요. 문에 아직 철을 대지는 않았거든요. 열 명이면 됩니다. 아뇨, 저는 들여보내주지 않을 거예요. 덴버가 저를 끌어들이려고 했었죠. 그는 제가 다른 습격 정보를 흘렸다고 생각하거든요. 하지만 아니었죠. 서두르시는 게 좋을 거예요. 저는 집으로 돌아가야겠어요. 도박장은 여기에서 세 블록만 가면 있습니다."

십 분도 채 되지 않아 서장은 십여 명의 부하를 이끌고 안내자와 함께 낮이면 수많은 사업이 이루어지는, 겉보기에는 멀쩡한 어두운 건물의 복도로 살금살금 들어갔다.

"3층이에요. 뒤쪽. 제가 앞장설게요." 키드가 속삭였다.

도끼를 든 남자 둘이 그가 가리킨 문 앞에 섰다.

서장이 의심스럽다는 듯이 말했다. "너무 조용한데. 자네 말이 진짜 맞아?"

"뜯어요! 아니면 제가 책임질게요." 키드가 말했다.

도끼가 아직은 무방비인 문을 내리쳤다. 박살 난 문짝 사이로 불빛이 쏟아져 나왔다. 문짝이 떨어져 나가고, 습격자들이 총을 뽑아 들고 방 안으로 뛰어들었다.

큰 방은 덴버 딕의 서구식 취향에 맞게 야하면서도 화려하게 꾸며져 있었다. 인기가 좋은 여러 게임이 진행 중이었다. 방 안에 있던 오십여 명의 사람들이 제각기 빠져나가려고 경찰들에게 돌진했다. 평복 차림의 경사들은 작은 곤봉을 휘둘러야 했다. 손님 중 절반 이상이 도망갔다.

덴버 딕은 그날 밤 자신의 도박장을 빛내주기 위해 몸소 행차해 있었다. 그는 습격자들을 쓸어내려고 앞장섰지만, 키드를 본 순간 그를 표적으로 삼았다. 헤비급인 그는 자기보다 몸무게가 가벼운 적과 기쁘게 맞붙었고, 그들은 꼭 껴안고 계단을 굴러 내려갔다. 계단참에서 둘은 서로 떨어져 일어났고, 키드는 2만 달러어치의 장비를 이제 막 잃을 참인 몸무게 90킬로그램의 신사한테 꽉 잡혀 있을 동안 소용이 없던 자신의 전문 기술을 일부 쓸 수 있게 되었다.

적을 물리친 키드는 서둘러 위층으로 가서 도박장을 지나 아치형의 문으로 연결된 더 작은 방으로 들어갔다.

거기에는 긴 탁자 위에 도박에 미친 사람이 좋아할 법한 값비싸고 근사한 음식들이 최상급의 도자기와 은그릇에 풍성하게 차려져 있었다. 여기에서 다시 한번 도회적인 이름을 가진 신사의 자유분방하면서 화려한 취향을 느낄 수 있었다.

테이블보에서 에나멜가죽 구두가 비죽이 튀어나와 있었다. 키드는 그것을 움켜쥐고 하인의 복장에 흰 타이를 맨 흑인을 끌어냈다.

"일어나! 이 공짜 점심 네 담당이지?" 키드가 말했다.

"예, 그렇습니다. 경찰이 또 우리를 잡으러 온 걸까요?"

"저쪽을 봐. 내 말을 잘 들어. 여기 상에 복숭아가 있나? 없다면 내가 패배를 인정하지."

"오늘 저녁에 판이 시작되었을 때는 삼십 개쯤 있었습니다요. 하지만 신사분들이 다 먹어치우신 것 같은뎁쇼. 특상급 오렌지를 드시고 싶으시면 좀 가져다드리지요."

키드가 무뚝뚝하게 명령조로 말했다. "서둘러서 빨리 구할 수 있는 대로 복숭아를 가져오지 않으면 혼내줄 테다. 오늘 밤에 누구든 다시 나한테 오렌지를 내미는 놈이 있으면 따귀를 갈겨줄 거야."

덴버 딕의 값비싸고 호사스러운 식사를 급습한 결과, 행운을 좇는 자의 에피쿠로스적 법칙을 피한 마지막 단 하나의 복숭아가 나왔다. 복숭아는 키드의 호주머니 속으로 들어갔고, 이 포기를 모르는 불굴의 약탈자는 즉시 상품을 가지고 자리를 떴다. 경찰관들이 경찰차에 붙잡은 사람들을 태우고 있는 길가 쪽으로는 눈길 한 번 주지 않고 한달음에 집으로 향했다.

돌아가는 발길이 가벼웠다. 아름다운 귀부인을 위해 위험을 무릅쓰고 공적을 세운 뒤 캐멀롯성으로 귀환하는 기사가 된 듯한 기분이었다. 키드의 귀부인은 그에게 명령을 내렸고, 그는 명령에 복종했다. 정말로 그렇다. 그녀가 원한 것은 복숭아 한 개일 뿐이지만, 아직도 2월의 눈이 쇠처럼 단단히 얼어 있는 겨울의 도시에서 오밤중에 복숭아를 얻어내기란 절대 쉬운 일이 아니었다. 그녀는 복숭아를 요구했고, 그의 신부였다. 그는 행여나 떨어뜨려서 잃어버릴까 호주머니 속에 있는 복숭아를 꽉 쥐었고 복숭아는 그의 손길로 따스해졌다.

가는 길에 키드는 밤새 문을 여는 드러그스토어에 들러 안경을 낀 점원에게 말했다.

"저기, 내 갈비뼈가 부러지지 않았나 좀 봐주겠어? 다툼이

붙어서 계단에서 굴렀더니."

약사는 그의 몸을 살피더니 이렇게 진단을 내렸다. "부러지지는 않았어요. 하지만 플랫아이언•에서 두 번은 떨어진 것처럼 심하게 멍이 들었네요."

"괜찮아. 옷 솔질이나 좀 해줘봐."

신부는 분홍색 전등갓에서 떨어지는 장밋빛 빛을 받으며 기다리고 있었다. 기적은 아직 다 끝나지 않았다. 꽃이든 석류든, 아, 그렇지, 복숭아든 뭐든 사소한 것이라도 원하는 걸 귀띔만 해주면 그녀는 자신의 남자를 한밤중에도 그에게 감히 맞설 엄두를 내지 못하는 세상으로 내보낼 수 있고, 그는 그녀의 명령대로 따를 것이다.

이제 그가 의자 옆에서 그녀의 손에 복숭아를 놓아주었다.

그녀가 다정하게 말했다. "이런 장난꾸러기! 내가 복숭아라고 했던가요? 생각해보니 오렌지가 더 먹고 싶은데."

신부에게 축복 있으라.

• 브로드웨이에 있는 삼각형 모양의 22층 빌딩. 1902년 준공된 뉴욕 최초의 마천루다.

아르카디아•의 단기 투숙객들

● 그리스·로마 시대의 전원시와 르네상스 시대의 문학에서 낙원으로 묘사된 곳.

브로드웨이에는 여름 휴양지 개발자들이 아직 찾아내지 못한 호텔이 하나 있다. 그곳은 거리에서 안쪽으로 깊숙이 들어가 있고 넓으며 시원하다. 방은 서늘함을 유지할 수 있는 검은색 참나무로 마감했다. 힘들여 애디론댁산맥까지 찾아가지 않아도 산들바람과 진초록의 관목숲이 기쁨을 준다. 드넓은 계단을 오르거나 청동 버튼의 제복 입은 사환의 안내를 따라 엘리베이터를 타고, 알프스 등반객들은 결코 얻지 못했던 평화로운 기쁨을 느끼며 꿈결처럼 미끄러지듯 올라갈 수 있다. 주방에는 화이트 마운틴이 내놓을 수 있는 것보다도 훌륭한 민물송어, 올드 포인트 컴포트•도 질투로 얼굴이 새파래질 해산물, 수렵구 관리인의 심장도 녹일 메인산 사슴 고기를 준

• 버지니아반도 끝자락에 위치한 휴양지.

비해줄 요리사가 있다.

사막 같은 맨해튼의 7월에 몇몇 사람이 이 오아시스를 발견했다. 그 한 달 동안 몇 안 되는 손님 무리가 고상한 식당의 서늘한 어스름 속에서 편안히 흩어져 앉아 빈 테이블 건너편으로 서로에게 말없이 축하의 시선을 보낸다.

남아도는 세심한 웨이터들이 근처에서 공기처럼 부드럽게 떠돌아다니다가 부족한 것이 있으면 말하기도 전에 알아서 채워준다. 기온은 영원히 4월이다. 천장은 여름 하늘을 본떠 물색으로 칠해져 있고, 자연의 구름은 아쉽게도 사라지지만 그 하늘에 떠 있는 섬세한 구름들은 사라지지 않는다.

멀리서 들려오는 브로드웨이의 유쾌한 소란은 행복한 투숙객들의 상상 속에서 부드러운 소리로 숲을 채우는 폭포의 소음으로 바뀐다. 낯선 발소리가 들려올 때마다 투숙객들은 그들의 도피가 발각되어 가장 깊은 은신처까지 영원히 따라다니는 지칠 줄 모르는 행락객들에게 침입당했을까 두려운 마음에 불안하게 바짝 귀를 세운다.

그리하여 감식안을 갖춘 소수의 사람은 무더운 계절 내내 인적 드문 숙소에 몸을 숨기고 재주를 다해 자신들에게 내놓는 최고의 산해진미를 즐긴다.

올해 7월 호텔을 찾은 한 손님이 직원에게 "엘루아즈 다르시 보몽 부인"이라는 이름이 적힌 명함을 내밀었다.

보몽 부인은 호텔 로터스•가 사랑할 만한 딱 그런 손님이었다. 그녀는 상류층의 세련된 분위기를 지녔고, 호텔 직원들을 자신의 노예로 만드는 다정다감한 우아함으로 그러한 분위기를 부드럽게 누그러뜨렸다. 사환들은 그녀가 종을 울리면 서로 대답하려고 다투었다. 직원들은 소유권 문제만 아니면 그녀에게 그 안의 것까지 포함해 호텔을 통째로 바쳤을 것이다. 다른 손님들은 그녀가 이 호텔을 완벽하게 만들어주는 여성스러운 특별함과 아름다움의 완결판이라고 보았다.

이 최고의 손님은 호텔 밖을 거의 나서지 않았다. 그녀의 습관은 호텔 로터스의 안목 있는 단골들의 습관과 딱 맞아떨어졌다. 이 매력 넘치는 숙소를 즐기려면 도시는 마치 멀리 저 밖에 있다는 듯이 버려야 한다. 밤이면 근처 옥상으로 잠시 바람을 쐬러 나가는 것이 맞았다. 그러나 무더운 날에는 송어가 가장 좋아하는 연못의 맑은 안식처에서 차분히 머물듯이 로터스의 그늘진 성채 안에 머무른다.

호텔 로터스에 홀로 있었지만 보몽 부인은 혼자 있어서 고귀한 신분이 드러나는 여왕 같은 지위를 누렸다. 그녀는 오전 10시에 아침 식사를 했다. 서늘하고, 달콤하고, 섬세한 모습이 어스름 속의 재스민꽃처럼 어둑함 속에서도 부드러운 광채를 발했다.

그러나 저녁 식사 시간에는 부인의 영광이 절정에 이르렀

● 그리스 신화에서, 황홀경을 가져다준다고 알려진 상상의 열매.

다. 그녀는 산의 협곡을 흐르는, 보이지 않는 폭포에서 피어오르는 물안개처럼 아름답고 이 세상 것 같지 않은 드레스를 입었다. 이 드레스는 말로 표현할 수 없을 정도였다. 레이스로 장식된 앞판에는 항상 분홍 장미 한 송이가 꽂혀 있었다. 문에서 마주친 수석 웨이터가 존경의 눈빛으로 바라보는 드레스였다. 그 옷을 보면 파리가 생각났다. 어쩌면 수수께끼의 여성 백작들이 생각날지도 모르고, 틀림없이 베르사유와 결투용 칼, 피스크 부인•과 루주 에 누아르••도 떠오를 것이다. 호텔 로터스에서는 보몽 부인이 국제적인 인물이며, 그 가늘고 흰 손으로 러시아를 위해 나라들 사이의 실을 조종하고 있다는 진위를 확인할 수 없는 소문이 돌았다. 세계를 자유로이 누비는 시민으로서, 한여름의 더위 속에서 휴식을 갖기 위해 그녀가 미국에서도 가장 매력적인 장소인 호텔 로터스의 세련된 환경을 금세 찾아냈다는 것이 놀랄 일은 아니었다.

보몽 부인이 호텔에 묵은 지 사흘째 되는 날, 한 젊은이가 찾아와 투숙객으로 등록했다. 그의 옷차림은 흔히 통하는 순서에 따라 말한다면 유행을 따른 것이었고, 용모는 단정하고 반듯했다. 표정으로 세사에 밝고 차분한 사람이라는 것을 알 수 있었다. 그는 직원에게 사나흘 정도 묵겠다고 말하고, 유

• 미국의 배우 미니 매던 피스크(1865~1932).

•• 카드 도박의 일종.

럽으로 가는 증기선 출항에 관해 몇 가지를 묻고는 마음에 드는 숙소를 찾은 여행자의 분위기로 이 비할 데 없는 호텔의 행복한 고적함 속으로 가라앉았다.

숙박부의 진실성에 의문을 품지 않는다면, 그 젊은이는 해럴드 패링턴이었다. 그는 로터스의 배타적이고 차분한 흐름 속으로 대단히 요령 있게 조용히 흘러 들어와서 휴식을 찾는 동료 손님들에게 잔물결 하나 일으키지 않았다. 그는 로터스에서 식사를 하고 다른 운 좋은 선원들과 함께 지복의 평화 속으로 잠겼다. 하루 만에 그에게는 자기 식탁과 담당 웨이터가 생겼고, 브로드웨이를 덥히는 휴식이 끝나고 숨을 헐떡이는 추적자들이 이 도심에서 가깝지만 은밀한 안식처를 덮쳐 망가뜨릴지도 모른다는 두려움을 느끼게 되었다.

해럴드 패링턴이 도착한 다음 날, 저녁 식사가 끝난 후 보몽 부인이 옆을 지나가다 손수건을 떨어뜨렸다. 패링턴 씨는 손수건을 주워 어떻게든 안면을 터보겠다고 수선 떠는 기색 하나 없이 되돌려주었다.

로터스의 저명한 투숙객들 사이에는 어쩌면 정체 모를 동료애가 있는지도 몰랐다. 둘 다 운 좋게도 브로드웨이 호텔에서 최고의 여름 휴양지를 찾아냈다는 점에서 서로에게 이끌렸을 수도 있다. 예의를 차린 인사가 조심스럽게 오가고, 그들은 주저하며 격식 차린 대화를 나누었다. 그리고 마치 진짜 여름 휴양지의 느슨한 분위기 속에 있는 것처럼 마술사의 신비스러운 식물이 자라듯 즉시 친분이 쑥쑥 자라나 꽃을 피우고 열매를 맺었다. 그들은 잠시 복도 끝 발코니에 서서 깃털 공을 주고받듯 가벼운 대화를 나누었다.

보몽 부인이 희미하지만 달콤한 미소를 띠며 말했다. "오래된 휴양지에는 싫증이 났어요. 산속이나 바닷가로 소음과 먼지를 피해 달아나본들, 그런 소란을 만들어내는 바로 그 사람들이 거기까지 우리를 따라오니 무슨 소용이 있겠어요?"

패링턴이 서글프게 대답했다. "바다에서조차 속물들을 마주치지요. 아무리 배타적인 증기선이라도 페리선보다 나을 게 없답니다. 여름 휴양객들이 로터스가 브로드웨이에서 사우전드 아일랜드나 매키낵보다도 멀리 떨어진 곳이라는 사실을 알게 되면, 그때는 끝이지요."

부인이 한숨을 내쉬며 미소를 지었다. "하여간 일주일만 우리의 비밀이 지켜졌으면 좋겠어요. 사람들이 로터스까지 덮친다면 어디로 가야 할지 모르겠거든요. 여름에 이렇게 즐겁게 보낼 수 있는 곳은 딱 한 군데 알고 있는데, 우랄산맥에 있는 폴린스키 백작의 성이지요."

패링턴이 말했다. "바덴바덴이나 칸도 지금 계절에는 한적하다고 알고 있습니다. 해마다 옛 휴양지들의 평이 나빠지고 있어요. 우리 같은 다른 많은 사람이 다수의 눈에 미처 띄지 않은 조용한 곳을 찾아다니고 있지요."

"이 달콤한 휴식을 사흘만 더 즐기려고 해요. 월요일에는 세드릭호가 떠나니까요." 보몽 부인이 말했다.

해럴드 패링턴의 눈에 아쉬운 기색이 확연히 떠올랐다. "저도 월요일에는 떠나야 합니다. 해외로 가는 것은 아니지만."

보몽 부인이 동그란 한쪽 어깨를 외국식으로 으쓱했다.

"이곳이 아무리 매력적이라도 영원히 숨어 있을 수는 없지요. 성에서는 저 때문에 한 달이 넘도록 준비를 하고 있거든요. 꼭 참석해야 하는 파티들이며…… 얼마나 귀찮은지! 하지만 호텔 로터스에서 보낸 한 주는 결코 잊지 못할 거예요."

패링턴이 나지막이 대답했다. "저도 그렇습니다. 그리고 세드릭호를 절대 용서하지 못할 겁니다."

사흘이 지나고 일요일 저녁, 두 사람은 같은 발코니의 작은 테이블에 앉아 있었다. 사려 깊은 웨이터가 얼음과 작은 클라레 컵을 가져왔다.

보몽 부인은 저녁 식사 때마다 입었던 그 아름다운 이브닝드레스 차림이었다. 그녀는 뭔가 생각에 잠긴 듯했다. 테이블 위 그녀의 손 가까이에 작은 섀털레인 지갑이 놓여 있었다. 그녀는 얼음을 먹고 나서 지갑을 열어 1달러짜리 지폐를 한 장 꺼냈다.

"패링턴 씨." 그녀는 호텔 로터스를 사로잡은 그 미소를 띠고 입을 열었다. "당신에게 드릴 말씀이 있어요. 저는 오전에 아침 식사를 하기 전에 떠날 거예요. 일터로 돌아가야 하거든요. 저는 케이시스 매머드 상점 양말류 매장에서 일한답니다.

제 휴가는 내일 8시까지예요. 제가 다음 토요일 밤에 8달러를 받기 전까지는 이 지폐가 제 수중에 남은 전부예요. 당신은 진짜 신사이고, 저한테 잘해주셨어요. 그래서 떠나기 전에 말씀드리고 싶었어요.

저는 이 휴가를 위해 1년 동안 월급에서 돈을 떼어 저축을 했어요. 단 일주일만이라도 귀부인처럼 지내보고 싶었어요. 매일 아침 7시에 잠자리에서 일어날 필요 없이 일어나고 싶을 때 일어나고 싶었어요. 제일 좋은 음식을 먹고 시중을 받고 부자들이 하듯이 종을 울려서 사람을 불러보고 싶었어요. 이제 됐어요. 저는 평생 기대해왔던 것 이상으로 행복한 시간을 보냈어요. 다시 일터로 돌아가 앞으로 또 1년은 조그만 문간방으로 만족해야지요. 당신에게 말씀드리고 싶었어요, 패링턴 씨. 제 생각에는 당신도 저에게 마음이 있으셨던 것 같은데, 저는 당신이 좋았어요. 하지만, 아, 지금까지는 당신을 속이는 수밖에 없었어요. 저한테는 동화 같은 일이었으니까요. 그래서 유럽이니 다른 나라의 일들을 책에서 읽은 대로 이야기해서 당신이 저를 귀부인이라고 믿게 만들었죠.

제가 입고 있는 이 드레스는 저한테 딱 맞는 유일한 옷인데요, 오다우드 앤드 레빈스키 상점에서 할부로 샀답니다. 75달러이고, 맞춤옷이에요. 10달러를 계약금으로 냈답니다. 나머지는 매주 1달러씩 할부로 내고요. 이제 제가 하고 싶은 말은 다 했어요, 패링턴 씨. 그리고 제 이름은 보몽 부인이 아니라

메이미 시비터예요. 저에게 관심 보여주셔서 감사해요. 이 지폐는 내일 드레스값으로 지불할 할부금이에요. 이제 제 방으로 올라가야겠어요."

해럴드 패링턴은 로터스에서 가장 사랑스러운 손님이 긴 이야기를 늘어놓을 동안 안색 하나 바꾸지 않고 들었다. 그녀가 이야기를 마치자 그는 상의 주머니에서 수표책같이 생긴 작은 책을 끄집어냈다. 그는 몽당연필로 그 책의 기입 용지에 뭔가 적더니 그 장을 뜯어서 그녀에게 건네주고는 지폐를 챙겨 넣었다.

그가 말했다. "저도 아침에는 일터로 돌아가야 합니다. 이제 일을 시작해야겠군요. 할부금에 대한 영수증입니다. 저는 오다우드 앤드 레빈스키 상점에서 수금원으로 일한 지 3년째입니다. 재미있군요. 그렇지 않아요? 당신과 나 둘 다 같은 식으로 휴가를 보낼 생각을 했다는 게? 저는 항상 최고급 호텔에서 묵어보고 싶었어요. 그래서 20달러의 주급에서 돈을 떼어서 모았지요. 저, 메이미, 토요일 밤에 코니아일랜드에 배타러 가는 거 어떻습니까?"

가짜 엘루아즈 다르시 보몽 부인의 얼굴이 환히 밝아졌다.

"아, 물론 좋아요, 패링턴 씨. 가게가 토요일에는 12시면 끝나요. 우리가 일주일 동안 호사를 누렸지만 코니아일랜드도 좋은 곳이죠."

발코니 아래에서는 7월 밤의 무더위에 시달리는 도시가 신음을 토했다. 호텔 로터스 안은 서늘한 그늘이 깔렸고, 세심한 웨이터는 낮은 창가에서 짝다리를 짚고 서서 고갯짓 한 번에도 즉시 부인과 동행의 시중을 들 준비를 하고 있었다.

엘리베이터 문 앞에서 패링턴은 작별 인사를 했고, 보몽 부인은 마지막으로 엘리베이터를 타고 올라갔다. 그러나 조용한 엘리베이터에 오르기 전에 그가 말했다. "'해럴드 패링턴'은 잊어주세요. 아시겠죠? 제 이름은 맥매너스입니다, 제임스 맥매너스. 지미라고 불러주세요."

"잘 자요, 지미." 부인이 말했다.

도시의 패배

로버트 웜즐리가 도시로 이동한 결과는 킬케니의 싸움•에 맞먹는 투쟁이었다. 그는 행운과 평판으로 결국 승자가 되었으나, 한편으로는 도시에 먹혔다. 도시는 그에게 요구한 것을 주고 도시의 낙인을 찍었다. 그를 다시 빗고, 깎고, 다듬어 도시가 흡족할 만한 패턴으로 찍어낸 것이다. 도시는 그에게 사교계의 문을 열어주고 선별한 가축 떼가 있는, 잘 깎은 단정한 잔디밭에 그를 가두었다. 그는 예전의 의복, 습관, 예의범절, 시골티, 일상, 편협함을 벗고, 그에 비하면 맨해튼 신사조차 작아지게 만들 만큼 매력적인 방자함, 짜증 나게 하는 완벽함, 세련된 무심함, 지나칠 정도로 균형 잡힌 몸가짐을 얻

• 아일랜드 속담에 나오는 이야기로, 고양이 두 마리가 끝장을 볼 때까지 싸웠다고 한다.

었다.

북부 지방의 시골 주 가운데 하나는 이 도회적이고 성공한 젊은 변호사가 자기 토양의 산물이라는 데 자부심을 가졌다. 이 주는 6년 전 윔즐리 영감네 아들인 주근깨투성이 '밥'이 한 마리 말뿐이지만 하루 세끼 밥걱정 없는 농장을 버리고 간이식당에서 때늦은 끼니를 때워야 하는 눈이 핑핑 도는 대도시로 간다고 했을 때, 월귤나무로 물든 잇새를 밀짚으로 쑤시면서 경멸적인 촌사람의 웃음을 터뜨렸다. 6년이 지났을 무렵에는 어떤 살인 재판도, 전문가 모임도, 자동차 사고나 코티용 댄스도 로버트 윔즐리가 나타나야 비로소 제 모습을 갖추었다. 재봉사들은 길에서 그를 불러 세워 주름 없는 바지 재단에서 새 주름 스타일을 얻었다. 클럽의 외국인들과 가장 오래된 명문가 사람들은 반갑게 그의 등을 두드리며 친근하게 성 아닌 이름을 불렀다.

그러나 로버트 윔즐리의 마터호른은 얼리셔 밴 더 풀과 결혼하면서 비로소 정복되었다. 내가 마터호른이라고 한 것은 이 노시민의 딸이 너무나 높고, 차갑고, 희고, 접근할 수 없는 상대였기 때문이다. 그녀를 알프스산맥처럼 둘러싼 사교계에서는 수많은 등반가가 그 황량한 길을 올라가려고 사투를 벌였지만, 그 산맥도 그녀의 무릎까지밖에 미치지 못했다. 그녀는 고요하고, 순결하고, 고고하게 우뚝 솟아 분수 속에서 첨벙거리는 일도, 원숭이들과 식사를 하는 일도, 개 품평회를 위해 개를 키우는 일도 없었다. 그녀는 밴 더 풀가 사람이었다. 그녀가 놀도록 분수가 만들어졌고, 원숭이들은 다른 이들의 조상들을 위해 만들어졌다. 그녀가 알기로 개는 맹인과 파이프 담배를 피우는 불쾌한 작자들의 벗이 되어주려고 창조되었다.

이것이 로버트 윔즐리가 정복한 마터호른이었다. 발을 절룩이고 공들여 머리를 만 훌륭한 시인과 함께 산 정상에 올라보면 가장 높은 봉우리들은 구름과 눈에 덮여 있음을 알게 되지만, 그는 겉으로는 어디까지나 용감하고 미소 띤 모습을 하고 동상을 감추었다. 심장을 식히기 위해 상의 속에 아이스크림 냉동기를 품고 다니는 스파르타 소년을 흉내 내려 했어도 그는 행운아였고 그 사실을 알고 있었다.

해외로의 짧은 신혼여행에서 돌아온 후, 이 부부는 최고의 사교계의 잔잔한 수조(너무나 고요하고 차갑고 해가 들지 않는)에 확실하게 잔물결을 일으켰다. 그들은 무너진 영광의 묘지인 유서 깊은 지역에 자리 잡은, 고풍스러운 위대함을 지닌 영묘 같은 붉은 벽돌집에서 손님을 맞았다. 그리고 로버트 윔즐리는 아내가 자랑스러웠다. 한 손은 손님들과 악수를 나누면서도 다른 손은 등산지팡이와 온도계를 꽉 움켜쥐고 있기는 했어도.

어느 날 얼리셔는 시어머니가 아들에게 보낸 편지를 발견했다. 배운 사람의 편지는 아니었다. 농작물과 모성애와 농장

이야기가 가득했다. 돼지의 건강과 최근에 태어난 붉은 송아지의 근황을 줄줄이 읊고, 로버트가 어떻게 지내는지 물었다. 벌들의 전기, 순무의 이야기, 갓 낳은 달걀의 찬가, 홀대받는 부모와 말린 사과 흉작으로 가득한, 흙에서, 집에서 바로 온 편지였다.

"왜 어머님의 편지를 저에게 보여주지 않았어요?" 얼리셔가 물었다. 그녀의 목소리에는 항상 오페라 관람용 안경, 티퍼니 계산서, 도슨에서 포티 마일까지의 길을 부드럽게 미끄러져 가는 썰매, 할머니의 샹들리에에서 반짝이는 프리즘, 수도원 지붕에 덮인 눈, 보석으로 풀어주기를 거부하는 경관을 떠올리게 하는 무언가가 있었다. 얼리셔가 말을 계속했다. "어머님이 우리한테 농장에 한번 오라고 초대를 하셨군요. 전 농장을 한 번도 본 적이 없어요. 우리 한두 주쯤 갔다 와요, 로버트."

로버트가 동의 의견을 내는 연방 법원 대법관처럼 근엄하게 대답했다. "그럽시다. 당신이 가고 싶어 하지 않을 줄 알고 초대 얘기를 꺼내지 않았어요. 당신의 결정에 무척 기쁘구려."

"제가 어머님께 직접 답장을 드릴게요." 얼리셔가 살짝 열의를 보이며 말했다. "펠리스에게 당장 제 트렁크를 싸달라고 해야겠어요. 일곱 개면 되겠지요. 짐을 너무 많이 가져가면 어머님이 좋아하시지 않을 것 같아요. 어머님은 집에서 파티를 자주 여시나요?"

로버트는 자리에서 일어나 시골을 대변하는 변호사로서 트렁크 일곱 개 중 여섯 개에 대해 이의를 제출했다. 그는 농장을 정의하고, 묘사하고, 상세히 설명하고, 제시하려고 애썼다. 그의 말은 자기 귀에도 낯설게 들렸다. 그는 자신이 얼마나 뼛속까지 도시인이 되었는지 미처 몰랐다.

한 주가 지나고 그들은 도시에서 다섯 시간 떨어진 작은 시골 기차역에 도착했다. 노새가 끄는 짐마차를 몰고 온 삐딱한 젊은이가 씩 웃으며 우렁찬 목소리로 로버트를 거칠게 불렀다.

"안녕하쇼, 월즐리 씨. 드디어 돌아오셨구먼. 자동차를 대령하지 못해서 죄송하구먼요. 하지만 오늘따라 아버지 차는 4만 제곱미터짜리 클로버 밭을 쟁기질하느라고 나가서 말이지요. 맞으러 나오면서 옷도 제대로 차려입지 않고 나온 것도 봐주쇼. 아직 6시도 안 돼서 말이우."

"만나서 반갑구나, 톰." 로버트가 동생의 손을 잡았다. "그래, 드디어 왔다. '드디어'라고 할 만도 하지. 2년 만이니 말이야. 하지만 이제부터는 더 자주 올 거야."

한여름 무더위에도 북극의 분노만큼이나 서늘하고 노르웨이의 눈 처녀처럼 새하얀 얼리셔가 얇은 모슬린 옷을 입고 레이스 양산을 가볍게 흔들면서 역 모퉁이를 돌아서 나왔다. 톰은 한순간에 기가 확 꺾였다. 청바지 차림의 그는 눈만 멀뚱거리면서 노새를 몰아 집으로 가는 길에도 혼잣속으로만 하고픈 말을 곱씹었다.

그들은 집으로 향했다. 낮게 걸린 해가 행운의 밀밭 위로 흔전만전 뿌리는 황금처럼 햇살을 뿌렸다. 도시는 아득히 멀었다. 길은 경박스러운 여름의 예복에서 잃어버린 리본처럼 숲과 계곡과 언덕을 돌아 구불구불 펼쳐졌다. 바람이 태양의 신 아폴론의 종마들의 자취를 따라 힝힝거리는 수망아지처럼 뒤를 따랐다.

이윽고 충실한 관목숲에서 농가가 회색빛 모습을 조금씩 드러냈다. 집으로 이어진 길에서 뻗어 나온, 호두나무가 호송대처럼 늘어선 긴 오솔길이 보였다. 들장미 향기와 시냇가의 축축이 젖은 서늘한 버드나무의 숨결을 맡을 수 있었다. 그리고 흙의 목소리들이 일제히 로버트 웜즐리의 영혼을 부르는 노래를 시작했다. 그 목소리들은 어둠침침한 숲의 기울어진 통로 깊은 곳에서부터 나왔다. 그 노랫소리는 바싹 마른 잔디에서 재잘대고 웅웅거렸다. 개울의 잔물결을 타고 떨림음을 냈다. 침침한 평원에서 청아한 판 신의 피리 가락을 타고 떠올랐다. 노랫소리가 높이 올라가 깔따구들을 쫓을 때, 쏙독새들도 합세했다. 느리게 울리는 워낭이 담백하게 반주를 맞추었다. 그 소리들 하나하나가 이렇게 말하고 있었다. "드디어 돌아왔군. 그렇지?"

흙의 오래된 목소리들이 그에게 말을 걸었다. 잎사귀와 새싹과 꽃봉오리가 그에게 겁 없던 젊은 시절의 오래된 어휘들로 대화를 했다. 생명 없는 것들, 친숙한 돌과 가로대, 문과 고랑, 지붕, 길모퉁이도 열변을 토했고, 변모시키는 힘이 있었다. 시골은 미소를 지었고, 그는 그 숨결을 느꼈다. 일순 옛사랑을 되찾은 듯 그의 심장이 이끌렸다. 도시는 아득히 멀었다.

이 전원으로의 회귀가 로버트 웜즐리를 사로잡고 완전히 차지해버렸다. 전원과 연결되면서 그는 한 가지 이상한 점을 알아차렸다. 옆에 앉은 얼리셔가 갑자기 낯선 타인처럼 느껴졌다. 그녀는 이 되살아난 세계에 속하지 않았다. 이렇게 그녀가 멀리 있는 무채색의 높은 존재, 형체도 없고 비현실적인 존재로 느껴진 적이 없었다. 그러면서도 그녀가 곧 무너져 내릴 듯한 짐마차에서 자기 곁에 앉아 있을 때보다 더 그녀를 숭배한 적도 없었다. 마터호른이 농부의 양배추 밭과 어울리지 않는 것처럼 그녀가 자신의 기분이나 주변 환경과도 어울리지 않는데도 그랬다.

그날 밤 환영 인사와 저녁 식사가 끝나고, 누렁이 버프까지 온 가족이 현관 앞에 모였다. 얼리셔는 거만을 떨지는 않지만, 말없이 섬세한 연회색 드레스 차림으로 그늘 속에 앉아 있었다. 로버트의 어머니가 며느리에게 스스럼없이 마멀레이드와 요통 이야기를 늘어놓았다. 톰은 계단 꼭대기에 앉아 있었다. 누이동생 밀리와 팸은 계단 맨 아래쪽에 앉아 개똥벌레를 잡았다. 어머니는 버드나무 흔들의자에 앉아 있었다. 아버지는 팔걸이 한쪽이 사라진 큰 안락의자에 앉았다. 버프는 늘 하던 대로 현관 한복판에 사지를 뻗고 누웠다. 황혼의 꼬마

요정들이 모습을 감추고 살그머니 나와 로버트의 가슴속으로 가슴을 아리게 하는 기억의 조각들을 던져 넣었다. 전원의 흥분이 그의 영혼으로 들어왔다. 도시는 아득히 멀었다.

아버지는 엄격하게 격식을 차리느라고 파이프도 없이 앉아서 무거운 장화를 신은 발을 뒤틀고 있었다. 로버트가 외쳤다. "아니, 왜 그러세요!" 그는 파이프를 가져와 불을 붙여 드렸다. 노신사의 장화를 움켜잡더니 홱 벗겨냈다. 마지막 한 짝이 갑자기 미끄러져서 워싱턴 스퀘어의 로버트 웜즐리 씨는 뒤쪽의 현관에 앉아 있던 버프 위로 나뒹굴었다. 개가 겁에 질려 길게 짖어댔다. 톰이 배를 잡고 웃었다.

로버트가 외투와 조끼를 벗어 라일락 덤불로 내팽개쳤다.

그가 톰에게 외쳤다. "이리 와봐, 이 촌놈아. 너를 단숨에 때려눕혀줄게. 예전에 나를 '도시 깍쟁이'라고 불렀겠다? 못된 버르장머리를 고쳐주마."

톰이 이 초대를 알아듣고 기쁘게 응했다. 그들은 잔디 위에서 세 차례 씨름을 했다. 그리고 톰이 저명한 변호사의 손에 두 차례 잔디 위로 내동댕이쳐졌다. 둘은 엉망진창 몰골이 되어 숨을 헐떡이면서도 여전히 서로 자기가 더 세다고 큰소리치면서 현관으로 비틀거리며 돌아왔다. 밀리가 도시 오빠의 자질에 당돌한 비난을 던졌다. 그러자 곧 로버트가 여치를 손으로 잡아 동생에게 다가갔다. 밀리는 미친 듯이 비명을 지르며 도망갔다. 그들은 400미터쯤 가다가 되돌아왔고, 동생이 승리한 '도시 깍쟁이'에게 백배사죄했다. 시골의 흥분감이 그를 기세등등하게 사로잡았다.

그가 큰소리쳤다. "너같이 느려터진 시골뜨기는 소 우리 하나 가득 있어도 내가 다 상대할 수 있다. 불도그니 네 밑의 고용인들이니 다 데려와봐."

그는 잔디 위에서 손으로 바닥 짚고 공중제비를 해서 톰에게 질투 섞인 비웃음을 샀다. 그러더니 함성을 지르며 뒤쪽으로 달려가서 밴조와 함께 집안의 늙은 흑인 하인 엉클 아이크를 데리고 돌아왔다. 그는 현관에 모래를 뿌리고 〈빵 쟁반의 닭〉 춤을 추고, 삼십 분을 더 기기묘묘한 시골 춤을 추었다. 그는 믿을 수 없을 만큼 요란스럽게 야단법석을 떨었다. 노래를 부르고, 한 사람만 빼고 모두가 비명을 지를 이야기들을 들려주고, 시골뜨기처럼 거칠고 신나게 놀았다. 핏속에서 과거의 삶이 되살아나자 제정신을 놓아버렸다.

너무 날뛰는 그를 어머니가 나서서 부드럽게 나무랐다. 그러자 얼리셔가 마치 뭔가 할 말이 있는 듯이 움찔하다가 입을 다물었다. 소동이 벌어지는 내내 그녀는 아무도 질문하거나 읽을 수 없을 어스름 속에서 늘씬하고 흰 유령처럼 꼼짝않고 앉아 있었다.

곧 그녀가 피곤하다면서 방으로 올라가도 되겠느냐고 물었다. 올라가는 길에 그녀가 로버트 곁을 지나쳤다. 그는 머리카락은 헝클어지고 얼굴은 시뻘게지고, 옷은 차마 볼 수 없이 흐트러져서 천박한 희극배우 같은 몰골로 문가에 서 있었다. 흠잡을 데 없이 완벽한 로버트 웜즐리, 인기 있는 클럽 회원이자 상류사회의 자랑인 그의 모습은 온데간데없었다. 그는 집기들 몇 가지로 마술을 보여주고 있었다. 이제 가족들은 하나같이 그에게 홀딱 빠져서 찬탄의 눈빛으로 그를 바라보고 있었다.

얼리셔가 곁을 지나갈 때 비로소 로버트는 퍼뜩 정신이 들었다. 그는 아내가 그 자리에 있다는 사실도 한동안 잊고 있었다. 그녀는 그에게 눈길 한 번 주지 않고 위층으로 올라가 버렸다.

그 뒤로 소란이 가라앉았다. 대화를 나누며 한 시간을 보내고는 로버트도 자리에서 일어섰다.

방에 들어가니 그녀가 창가에 서 있었다. 아직도 현관에 있을 때 옷차림 그대로였다. 창밖에는 꽃이 활짝 핀 커다란 사과나무가 있었다.

로버트는 한숨을 쉬고 창가로 다가갔다. 자신의 운명을 마주할 마음의 준비를 했다. 벼락출세한 촌놈티를 다 낸 그는 고요하고 흰옷을 입은 형태로 정의의 판결을 예견했다. 밴 더풀이 그려낼 엄격한 선을 알고 있었다. 그는 계곡에서 꼴사납게 노름판을 벌이는 농부였으니 마터호른의 순수하고, 차갑고, 희고, 녹지 않는 정상이 그에게 눈살을 찌푸릴 수밖에 없었다. 그는 스스로의 행동으로 본색을 드러냈다. 도시가 그에게 주었던 모든 광택, 자세, 형태가 시골의 산들바람이 불어오자마자 잘 맞지 않는 망토처럼 그에게서 벗겨져나갔다. 그는 멍하니 다가올 비난을 기다렸다.

"로버트." 차분하고 서늘한 목소리로 그의 심판관이 말했다. "저는 제가 신사와 결혼한 줄 알았어요."

그렇다. 올 것이 왔다. 로버트 윔즐리는 그 순간이 닥치자 예전에 창밖으로 나가 오르곤 했던 사과나무 가지만 뚫어지라 바라보았다. 지금도 거뜬히 오를 수 있을 것 같았다. 나무에 꽃이 몇 송이나 피었을까 궁금했다. 천만 송이? 하지만 다시 그녀가 입을 열었다.

"저는 신사와 결혼한 줄 알았어요." 목소리가 이어졌다. "그런데……."

왜 그녀가 이렇게 그의 곁으로 바짝 다가설까?

"그런데 알고 보니 제가 결혼한 상대는……." 이 얼리셔가 말하고 있는 건가? "더 멋진…… 남자인 거예요……. 밥, 자기, 키스해줄래요?"

도시는 아득히 멀었다.

아이키 쇼언스타인의
사랑의 미약

블루라이트 드러그스토어는 시내 중심가의 바워리가와 5번가 사이 중간쯤에 있다. 블루라이트는 약국이 장식품, 향수, 아이스크림소다를 파는 곳이라고 보지 않는다. 진통제를 찾는다고 봉봉 과자를 주는 일은 없을 것이다.

블루라이트는 수고를 줄여주는 현대 의학의 기술을 경멸한다. 그곳에서는 아편을 불리고 아편 팅크와 진정제를 거른다. 지금까지도 알약은 조제대에서 만든다. 약 만드는 판 위에 알약 반죽을 펴고, 주걱으로 나누어 손가락으로 굴린 다음 산화마그네슘을 뿌리고 판지로 된 둥글고 작은 약상자에 넣어 전해준다. 상점은 누더기 차림의 개구쟁이 꼬마들이 노는 모퉁이에 있다. 이 아이들은 곧 약국 안에서 자신들을 기다리는 기침약과 진정 시럽을 찾게 될 것이다.

아이키 쇼언스타인은 블루라이트에서 야간 근무를 하는 직원이자 고객들의 벗이었다. 가게는 이스트 사이드에 있고, 약제사는 차가운 사람이 아니다. 그런 곳이 대개 그렇듯이 약제사는 상담사이자 고해신부이며 조언자이고 유능하고 적극적인 선교사, 존경받는 멘토다. 그는 신비스러운 지혜로 존경받고, 사람들은 그가 만든 약을 맛도 보지 않고 입에 털어 넣는다. 그래서 아이키의 안경을 쓴 뾰족한 코와 야위고 지식으로 굽은 듯한 몸은 블루라이트 주변에서 유명했으며, 다들 그의 조언과 경고를 귀담아들었다.

아이키는 광장 두 개를 사이에 두고 떨어져 있는 리들 부인의 하숙집에 묵었다. 리들 부인에게는 로지라는 딸이 있었다. 아마도 짐작했겠지만, 에둘러 말할 것 없이 아이키는 로지에게 반해 있었다. 로지가 그의 생각을 온통 물들였다. 그녀는 화학적으로 순수한 모든 약용식물의 복합 추출물이었다. 약전 주해서에도 그녀에게 비할 만한 것은 없었다. 그러나 아이키는 소심했고, 그의 소망은 그의 소심함과 두려움의 용제 속에 녹지 않고 그대로 남아 있었다. 카운터 뒤에서의 그는 특별한 지식과 가치를 의식하고 있는 우월한 존재였지만, 밖에서는 화학품으로 얼룩진 어울리지 않는 옷을 걸치고 알로에와 발레르산 암모늄 냄새를 풍기고 다니는 나약하고, 어리바리하며, 길을 걸을 때는 운전사들한테 욕을 먹곤 하는 사람이었다.

아이키의 연고 속에 있는 파리(이 얼마나 멋진 비유인가!)가

청크 맥가윈이었다.

맥가윈 또한 로지가 던지는 밝은 미소를 잡으려고 애쓰는 중이었다. 그러나 그는 아이키 같은 외야수가 아니었다. 그는 그 미소를 향해 배트를 날렸다. 동시에 그는 아이키의 친구이자 단골이었고, 바워리가에서 즐거운 저녁 시간을 보낸 후 블루라이트 드러그스토어에 자주 들러서 타박상에 요오드를 바르거나 베인 자리에 반창고를 붙이곤 했다.

어느 날 오후 맥가윈이 조용히 들어와서 걸상에 앉았다. 잘생기고 반반한 얼굴에 사람 좋으면서도 누구에게도 꺾이지 않는 강인한 인물이었다.

"아이키." 친구가 막자사발을 가져와서 마주 앉아 안식향을 갈아 가루를 만들고 있을 때 그가 입을 열었다. "일하면서 들어. 자네한테 있다면 말인데, 내가 필요한 약이 있네."

아이키는 평소처럼 싸운 흔적을 찾아 맥가윈의 얼굴을 살폈지만 아무것도 찾지 못했다.

그가 명령했다. "외투 벗어봐. 자네가 언젠가는 늑골에 칼 맞을 줄 알았네. 그 이탈리아 놈들한테 당하는 날이 올 거라고 내가 그렇게나 말했는데."

맥가윈이 미소 지었다. "그놈들이 아니야. 이탈리아 녀석들은 아니라고. 하지만 위치는 제대로 짚었네. 내 외투 아래, 갈비뼈 근처야. 자! 아이키, 로지와 나는 도망가서 오늘 밤에 결혼하기로 했다네."

아이키의 왼쪽 집게손가락이 막자사발 가장자리 위에 멈추었다. 그는 막자로 손가락을 세게 찧었지만 아픔도 느끼지 못했다. 맥가윈의 얼굴에서 미소가 사라지고 어쩔 줄 몰라 하는 우울한 표정으로 바뀌었다.

그가 말을 이었다. "때가 올 때까지 로지의 마음이 바뀌지 않는다면 말이지. 우리는 보름 전부터 도망갈 계획을 세웠다네. 그런데 로지가 하루는 나와 떠나겠다고 했다가 바로 그날 저녁이면 안 되겠다고 하는 거야. 드디어 오늘 밤에 떠나기로 했고, 이번에는 로지가 이틀 내내 딴소리를 하지 않았어. 하지만 아직도 그 순간까지는 다섯 시간이나 남아 있단 말이야. 막상 때가 왔을 때 나를 바람맞힐까봐 걱정이 돼."

"약이 필요하다고 했지." 아이키가 말했다.

맥가윈은 뭔가 불편하고 지친 기색이었다. 평소의 행동거지와는 영 딴판이었다. 그는 특허 의약품 연감을 둘둘 말아 조심스럽게 손가락에 감았다.

그가 입을 열었다. "오늘 밤에 이 문제로 시작부터 어그러지게 할 수는 없어. 벌써 할렘가에 작은 방을 얻어놓았다네. 테이블에 국화를 꽂아놓았고 주전자도 준비해두었어. 주례를 서줄 목사님도 9시 반에 집에서 우리를 맞을 준비를 하고 있기로 약속했고. 꼭 성공해야 해. 로지가 다시 마음을 바꾸지만 않는다면!" 맥가윈이 불안을 떨치지 못하고 말을 멈추었다.

아이키가 짧게 말했다. "자네가 왜 약 얘기를 했는지 영문을 모르겠군. 내가 뭘 해줄 수 있을지도 모르겠고 말이야."

"로지 아버지가 나를 마음에 안 들어 해." 불안한 구혼자가 자신의 주장을 애써 납득시키려 했다. "일주일 동안 로지를 나와 함께 외출하지 못하게 했다네. 하숙인을 잃을 걱정만 없었다면 벌써 오래전에 나를 내쫓았을 거야. 내가 주당 20달러를 벌고 있으니 로지가 이 청크 맥가원과 달아나더라도 후회하는 일은 절대 없을 텐데."

아이키가 말했다. "미안하네, 청크. 이제 곧 처방한 약을 찾으러 올 거라서 말이야."

맥가원이 갑자기 고개를 들고 말했다. "저기, 아이키, 그런 약이 없을까……. 여자한테 먹이면 나를 더 좋아하게 되는 그런 가루약 같은 거 말이야."

아이키의 코 아래 입술이 훨씬 더 배운 사람답게 경멸로 일그러졌다. 하지만 그가 대답하기도 전에 맥가원이 말을 이었다.

"팀 레이시가 시내의 의사한테 그런 약을 얻어다가 소다수에 타서 여자한테 먹여봤다는 거야. 그 약을 처음 딱 먹자마자 그 여자 눈에는 무조건 그 녀석이 최고이고 다른 남자들은 다 하잘것없어 보이더라는 거지. 결국 보름도 안 되어 결혼했다니까."

청크 맥가원은 강인하면서도 단순한 남자였다. 아이키보다 더 남자를 잘 볼 줄 아는 사람이라면 그의 강한 체구가 가느다란 철사에 매달린 것과 같은 상태임을 알아보았을 것이다.

적의 영토를 침략하려는 훌륭한 장군처럼 그는 실패할 가능성에 맞서 모든 지점을 다 방어하려 했다.

청크가 기대에 찬 목소리로 말했다. "오늘 밤 저녁 식사 자리에서 로지를 만날 때 가루약을 먹이면, 로지가 용기를 얻어서 약속을 다시 물리지 않게 될 거야. 노새 두 마리로 억지로 끌고 갈 필요까지는 없지만, 알아서 하게 놔두기보다는 살살 이끌어주는 편이 낫거든. 약이 딱 두어 시간만 들어줘도 성공할 텐데 말이지."

"도망가겠다는 그런 어리석은 계획을 언제 실행할 건데?" 아이키가 물었다.

"9시야. 저녁 식사는 7시고. 8시에 로지가 두통 때문에 자러 들어간다고 하고, 9시에 파빈자노 노인이 나를 뒷마당으로 들여보내줄 거야. 그 집이 리들 씨네 바로 옆집이거든. 내가 로지의 창 밑으로 가서 비상계단으로 내려오도록 도와줄 거고. 목사님과 약속 시간에 늦지 않게 가야 해. 로지가 주저하지만 않으면 일사천리로 끝날 거라고. 나한테 그런 약 좀 지어줄 수 있어, 아이키?"

아이키 쇼언스타인은 천천히 코를 문질렀다.

그가 이렇게 말했다. "청크, 약제사들은 그런 약에는 아주 신중해야 해. 그런 약은 내 친구 중에서도 자네한테만 믿고 지어줄 수 있단 말이야. 하여간 자네를 위해 만들어줄게. 로지가 자네를 얼마만큼 생각하는지 알게 될 거야."

아이키는 약 조제대로 갔다. 거기에서 소량의 모르핀을 함유한 물에 녹는 약 두 알을 가루로 만들었다. 거기에 젖당 약간을 추가해 양을 늘린 다음 하얀 종이에 혼합물을 잘 쌌다. 성인이 먹으면 전혀 위험하지 않으면서도 몇 시간을 푹 잠들 수 있는 약이었다. 그는 이것을 청크 맥가윈에게 주면서 되도록 액체에 타서 먹이라고 하고는 이 뒷마당의 로킨바•에게 뜨거운 감사를 받았다.

아이키의 행동이 얼마나 교묘했는지는 그의 이후 행적에서 잘 드러난다. 그는 리들 씨에게 사람을 보내 로지와 달아나려는 맥가윈의 계획을 알렸다. 리들 씨는 풍채가 좋고 가무잡잡한 피부에 성미가 급했다.

그는 아이키에게 이렇게 말했다. "정말 고맙소. 게을러터진 아일랜드 놈팡이 같으니라고! 내 방이 바로 로지의 방 위라오. 저녁 먹고 나서 거기로 올라가 엽총을 장전하고 기다릴 거요. 내 뒷마당으로 그놈이 들어오면 신행 마차가 아니라 구급차를 타고 나가게 될 거요."

로지는 몇 시간 동안이나 잠의 신의 손아귀에 잡혀 깊이 잠들어 있을 테고, 경고를 들은 피에 굶주린 아버지가 무장한 채 기다리고 있을 테니 아이키는 라이벌이 혼비백산할 거라

• 영국의 시인 월터 스콧(1771~1832)의 대서사시 《마미온》(1808) 중 발라드의 주인공으로, 일반적으로 낭만적인 구혼자를 가리키는 말로 쓰인다.

고 생각했다.

그는 밤새도록 블루라이트 드러그스토어에서 근무하며 비극을 알리는 소식이 들려오기를 기다렸지만, 아무 일도 없었다.

8시가 되어 주간 담당 직원이 왔고, 아이키는 일이 어떻게 되었는지 알아보려고 서둘러 리들 부인의 집으로 향했다. 그런데 그가 가게를 나서자마자 지나가던 전차에서 청크 맥가윈이 뛰어내려 그의 손을 꽉 잡았다. 청크 맥가윈은 승자의 미소를 만면에 띠고 기쁨에 넘쳐 있었다.

"다 잘 됐다네." 청크는 더없이 행복한 얼굴로 말했다. "로지가 일 초도 어김없이 딱 제시간에 비상계단에 나타났어. 우리는 아슬아슬하게 목사님 댁에 9시 30분 15초에 도착했고. 로지는 지금 신혼집에 있다네. 오늘 아침에는 푸른색 기모노를 입고 달걀 요리를 해주었지. 난 정말 행운아야! 언제 와서 우리 집에서 같이 저녁 먹자고. 나는 다리 근처에서 일자리를 구해서 지금 그쪽으로 가보려던 참이네."

"그…… 그…… 약은?" 아이키가 더듬더듬 물었다.

청크가 활짝 웃으며 대답했다. "아, 자네가 준 그 약 말이지! 저, 일이 이렇게 됐다네. 어젯밤 리들 씨네 집에서 저녁 식탁에 앉아서 로지를 보고 있으려니 이런 생각이 들었지. '청크, 저런 여자를 얻고 싶으면 정직하게 해야지. 저런 훌륭한 여자한테 속임수를 쓰면 되나.' 그래서 자네가 준 종이를 그대로 주머니에 넣어두었다네. 그러다 다른 쪽으로 생각이

쏠렸지. 장래의 사위에게 마땅히 품어야 할 애정이 없는 분 말일세. 그래서 기회를 보다가 가루약을 리들 씨 커피에 넣었다네."

추수감사절의 두 신사

1년 중 우리의 날이라고 할 만한 하루가 있다. 자수성가하지 못한 우리 미국인 모두가 옛 고향으로 돌아가 비스킷을 먹고 오래된 펌프가 예전에 그렇게 보였던 것보다 얼마나 더 현관 가까이 있는지 깨달으며 놀라워하는 날이다. 그날을 축복하라. 루스벨트 대통령이 우리에게 그날을 주었다. 청교도들의 이야기를 좀 듣기는 했지만, 그들이 어떤 이들이었는지 기억하지는 못한다. 하여간 그들이 다시 상륙하려고 한다면 두들겨 내쫓아버릴 것이다. 플리머스록•이라고? 흠, 그건 좀 더 귀에 익다. 우리 대부분은 칠면조 조합이 생긴 이후로는 암탉이나 잡아먹게 되었다. 하지만 워싱턴의 누군가가 이 추

• 1620년 영국의 청교도들이 상륙한 매사추세츠주 플리머스에 있는 바위. 닭의 한 품종을 가리키기도 한다.

수감사절 선포에 대해 그들에게 앞서 정보를 누설하고 있다.

크랜베리를 키우는 소택지 동쪽의 대도시에서 추수감사절을 제도로 만들었다. 11월 마지막 목요일은 이 도시가 1년 중 페리선 건너 펼쳐진 아메리카의 일부를 알아보는 유일한 날이다. 그날은 순수하게 미국적인 날이다. 그렇다. 오로지 미국적인 기념일이다.

그리고 이제 대양 이쪽 편에서도 우리의 활력과 적극성 덕분에 영국보다 훨씬 더 빠른 속도로 나이 들어가는 전통이 있다는 것을 입증해줄 만한 이야기가 있다.

스터피 피트는 유니언 스퀘어의 동쪽으로 들어가 분수 건너편 산책로에서 오른쪽 세 번째 벤치에 자리를 잡고 앉았다. 9년 동안 추수감사절이 오면 그는 1시가 되기 무섭게 거기에 앉았다. 그렇게 하면 매번 똑같은 일이 그에게 벌어졌기 때문이다. 그의 가슴 위아래로 조끼를 부풀어 오르게 하는, 찰스 디킨스 소설에나 나올 법한 일이었다.

하지만 오늘 스터피 피트가 해마다 갖는 밀회 장소에 모습을 나타낸 것은 박애주의자들이 생각하듯이 오랫동안 가난한 사람들을 괴롭혀온 연례적인 배고픔보다는 습관 때문인 듯했다.

피트는 배가 전혀 고프지 않았다. 그는 지금 막 숨쉬기도 힘들고 움직일 수도 없을 만큼 배 터지게 성찬을 즐기고 온 후였다. 그의 눈은 부어오르고 그레이비소스가 묻은 가면에

꾹 박아 넣은 두 개의 옅은 색 구스베리 같았다. 그는 쌕쌕 밭은 숨을 쉬었다. 의원 나리같이 살찐 목은 뒤집힌 상의 옷깃에 맞지 않았다. 친절한 구세군의 손이 일주일 전 그의 옷에 달아준 단추들이 팝콘처럼 날아가 그의 주변 땅 위에 떨어졌다. 누더기 차림에 셔츠 앞섶은 풀어 헤쳤지만, 싸락눈이 날리는 11월의 바람도 그에게는 기분 좋은 냉기만을 가져다주었다. 스터피 피트는 굴로 시작해 자두 푸딩으로 끝나는 진수성찬으로 칼로리를 과다 섭취한 상태였다. 그 성찬에는 칠면조 구이와 통감자 구이, 닭고기 샐러드와 호박 파이, 아이스크림까지 있었다. 그는 터질 듯한 배를 안고 포식 후 아쉬운 것이 없는 기분으로 세상을 바라보았다.

예상치 못한 성찬이었다. 그는 5번가 초입 부근의 붉은 벽돌집을 지나가던 중이었다. 거기에는 오래된 가문의 전통을 숭앙하는 노부인 둘이 살았다. 그들은 뉴욕의 존재를 인정조차 하지 않았고, 추수감사절이 워싱턴 스퀘어에만 선포되었다고 믿었다. 그들의 전통적인 습관 중 하나가 하인이 뒷문을 지키고 서 있다가 정오가 되자마자 제일 먼저 지나가는 배고픈 길손을 맞아들여 성찬을 베풀어주는 일이었다. 스터피 피트가 마침 공원에 가느라 그 길을 지나갔고, 하인들이 그를 데려다 저택의 관습을 유지했다.

스터피 피트는 십 분쯤 앞을 멍하니 바라보다가 다른 것도 보아야겠다는 생각이 들었다. 엄청난 노력을 기울여 천천히 고개를 왼쪽으로 돌렸다. 그때 그의 눈이 두려움으로 튀어나올 듯 커지면서 숨이 턱 막혔다. 짧은 다리에 신겨진 거친 신발이 자갈길 위에서 꿈틀거리면서 부스럭거렸다.

그 노신사가 4번가를 건너 그가 앉은 벤치 쪽으로 다가오고 있었다.

9년 동안 매해 추수감사절마다 그 노신사는 거기로 와서 벤치에 앉은 스터피 피트를 찾아냈다. 노신사는 그 일을 전통으로 만들려고 했다. 9년간 추수감사절마다 그는 거기에서 스터피를 찾았고, 그를 식당으로 데려가 푸짐하게 식사하는 모습을 지켜보았다. 영국에서는 이런 일을 당연하게 여기곤 한다. 그러나 여기는 젊은 나라고, 9년이면 그리 나쁘지 않다. 노신사는 확고한 미국의 애국자였고, 자신을 미국 전통의 선구자로 여겼다. 전통이 되려면 한 가지를 절대 놓지 말고 꾸준히 계속해야 한다. 산업 보험에 매주 돈을 넣는 것 같은 일 말이다. 혹은 거리를 청소한다든가.

노신사는 그가 장려하는 제도를 향해 위풍당당하게 똑바로 걸어왔다. 사실 스터피 피트를 매년 대접하는 일은 영국의 대헌장이나 아침 식사에 먹는 잼처럼 본질상 국가적인 것은 아니었다. 그러나 그것은 하나의 단계였다. 거의 봉건적이었다. 적어도 관습이 뉴욕, 에헴! 미국에서도 불가능하지는 않다는 것을 보여주었다.

노신사는 마르고 키가 컸으며, 예순 살이었다. 온통 검은색으로 차려입었고, 코에 닿지 않는 구식 안경은 자꾸만 미끄러졌다. 머리카락은 작년보다도 더 하얗게 세고 가늘어졌으며, 구부러진 손잡이가 달린 크고 울퉁불퉁한 지팡이에 더 많이 의지하게 된 것 같았다.

그의 확고한 후원자가 다가오자 스터피는 숨을 쌕쌕 몰아쉬면서 여자의 살진 퍼그 개가 털을 곤두세운 거리의 개를 보고 놀라는 것처럼 흠칫 몸을 떨었다. 도망을 갔어야 했지만 산투스두몽•의 재주를 다 해도 그를 의자에서 떼어낼 수 없었을 것이다. 두 노부인의 충실한 부하들은 맡은 몫을 아주 잘해냈다.

노신사가 인사를 건넸다. "안녕하시오. 다사다난한 한 해가 지나갔어도 이 아름다운 세상에서 여전히 건강한 모습을 보니 반갑소이다. 오늘 추수감사절을 축복하는 것이 우리 둘에게 맡겨진 일이니 말이오. 나와 함께 가주신다면, 내 당신의 육신도 정신처럼 살찌우도록 만찬을 베풀어드리리다."

이것이 노신사가 매번 하는 말이었다. 9년 동안 추수감사절마다. 그 말 자체가 거의 하나의 제도가 되었다. 독립선언문을 제외하고는 어느 것도 그에 비할 수는 없을 것이다. 예전에는 항상 스터피의 귀에 음악같이 들리던 말이었다. 그러

● 프랑스에서 활약한 브라질의 비행선 조종자이자 설계자인 아우베르투 산투스두몽(1873~1932).

나 지금은 눈물이 나도록 괴로워하며 노신사의 얼굴을 올려다보았다. 싸락눈이 그의 진땀이 밴 이마 위로 떨어지면서 거의 지글거리다시피 했다. 그러나 노신사는 살짝 몸을 떨고는 바람이 불어오는 쪽으로 등을 돌렸다.

스터피는 왜 노신사의 말이 좀 서글프게 들릴까 늘 궁금했다. 그는 매번 노신사가 자기 뒤를 이을 아들이 없음을 아쉬워한다는 사실을 알지 못했다. 노신사가 세상을 떠난 뒤 거기에 올 아들, 나중의 스터피 앞에 자신만만하고 강인한 모습으로 서서 '아버지를 추모하는 뜻에서'라고 말할 아들 말이다. 그렇게 된다면 그제야 이 관습이 제도가 될 것이다.

그러나 노신사에게는 친척조차 없었다. 그는 공원 동쪽 한적한 거리의 망해버린 오래된 가문의 적갈색 사암으로 지은 저택 중 한 곳의 셋방에서 살았다. 겨울이면 손바닥만 한 작은 온실에 푸크시아 꽃을 키웠다. 봄이면 부활절 행렬에 끼어 걸었다. 여름이면 뉴저지 구릉지대의 농가에서 지내며 고리버들 안락의자에 앉아 언젠가 찾아내고 싶은 희귀종인 '오르니톱테라 암프리시우스' 나비에 대해 이야기했다. 가을이면 스터피에게 식사를 대접했다. 그것이 노신사의 소일거리였다.

스터피 피트는 스스로를 딱하게 여기며 어찌할 바를 모르고 속을 끓이면서 잠시 그를 올려다보았다. 노신사의 눈은 남에게 베푸는 기쁨으로 빛났다. 그의 얼굴에는 해마다 주름이 늘었지만 작은 검은 넥타이는 이전과 다름없이 말쑥했고, 리넨 셔츠는 희고 아름다웠다. 회색 콧수염은 끝을 우아하게 말아 올렸다. 스터피는 냄비에서 부글거리는 완두콩 같은 소리를 냈다. 뭔가 말을 하려고 했다. 노신사는 전에도 그 소리를 아홉 번 들었으므로, 초대를 수락한다는 스터피의 오랜 표현으로 이해했다.

"감사합니다. 함께 갑시다. 정말 감사해요. 배가 고파 죽겠어요."

배가 불러 정신이 혼미할 지경이었지만, 자신이 제도의 기반이라는 확신을 잊을 정도는 아니었다. 그의 추수감사절 식욕은 그의 것이 아니었다. 실제 출소 기한법에 따르는 것은 아니지만 그의 식욕은 확립된 관습의 신성한 권리에 따라 그것을 이미 선취한 이 친절한 노신사의 소유였다. 참으로 미국은 자유의 나라다. 그러나 전통을 확립하자면 어떤 것은 반복되어야 한다. 반복되는 순환소수와도 같다. 주인공이 다 강철과 황금으로 이루어져 있지는 않다. 여기 휘두를 무기라고는 은도금을 형편없이 한 쇠와 주석밖에 없는 자를 보라.

노신사는 매년 만나는 그의 피보호자를 데리고 남쪽의 식당으로 가서 언제나 성찬이 차려지는 식탁에 앉았다. 다들 그들을 알아보았다.

웨이터가 말했다. "그 노인이 왔군. 매년 추수감사절마다 그 똑같은 녀석한테 밥을 사주잖아."

노신사는 미래의 오랜 전통의 주춧돌 위에 놓인 진주처럼 환히 빛나는 모습으로 식탁 맞은편에 앉았다. 웨이터가 식탁에 몇 접시 음식을 쌓아 올렸다. 스터피는 한숨을 쉬었지만 상대방은 배가 고파서 그런 것으로 오해했다. 그는 포크와 나이프를 들고 자기 자신을 위해 불멸의 월계수 왕관을 새겼다.

늘어선 적들과 이보다 더 용맹스럽게 맞서 싸운 영웅은 일찍이 없었다. 칠면조, 갈빗살, 수프, 채소, 파이가 나오는 족족 그의 앞에서 사라졌다. 식당에 들어설 때부터 거의 목까지 꽉 찬 상태여서 음식 냄새만 맡아도 신사로서의 명예를 잃을 지경이었지만, 그는 진정한 기사처럼 기운을 되찾았다. 그는 노신사의 얼굴에 피어난 자비로운 행복을 보았다. 푸크시아 꽃이나 희귀종 나비도 줄 수 없는 행복한 표정이었다. 그는 차마 그 행복이 사라지는 것을 볼 용기가 없었다.

한 시간 후 스터피는 전투에서 승리하고 몸을 뒤로 기댔다.

그는 바람이 새는 증기관처럼 씩씩거렸다. "감사합니다, 선생님. 푸짐한 식사 정말 감사해요."

그러고는 게슴츠레하게 눈을 뜨고 간신히 몸을 일으켜 주방 쪽으로 걸음을 옮겼다. 웨이터가 팽이처럼 그를 돌려세워 문 쪽으로 향하게 했다. 노신사는 조심스레 은화로 1달러 30센트를 치르고 웨이터에게도 5센트 동전 세 개를 팁으로 남겼다.

그들은 해마다 그랬듯이 문 앞에서 헤어져 노신사는 남쪽으로, 스터피는 북쪽으로 향했다.

스터피는 첫 번째 모퉁이를 돌아서 잠시 멈추어 섰다. 부엉

이가 깃털을 부풀리듯 누더기 옷이 부풀어 올라 터질 듯했다. 그는 일사병에 걸린 말처럼 보도 위로 쓰러졌다.

구급차가 오자 젊은 의사와 운전사는 그의 무게에 나직이 욕설을 내뱉었다. 위스키 냄새는 전혀 나지 않아서 스터피와 그의 두 끼 식사는 죄수 호송차 대신 병원으로 옮겨졌다. 거기에서 사람들이 그를 침대에 눕히고 무슨 문제가 있는지 찾아낼 수 있을 거라는 희망을 품고 이상한 병이 있는지 검사를 시작했다.

그런데 이게 웬일인가! 한 시간 후 또 한 대의 구급차가 노신사를 데려온 것이다. 사람들은 그를 다른 침대에 눕히고 맹장염일지도 모른다고 했다. 그는 치료비를 낼 여유가 있어 보였다.

그러나 곧 젊은 의사 중 한 명이 마음에 드는 눈을 가진 젊은 간호사와 마주쳐 환자들에 대해 잡담을 나누었다.

그가 말했다. "저기 저 멋진 노신사 말이에요. 거의 아사 직전이었다고는 상상도 못 했을 거예요. 오래된 대단한 집안 사람 같은데 말이에요. 사흘을 꼬박 굶었다지 뭡니까."

잃어버린 혼합주의 비법

술집은 성직자들의 축복을 받았고 특권층도 칵테일로 만찬을 시작하니 술집 얘기를 해도 좋을 것이다. 엄격한 금주가는 듣고 싶지 않다면 안 들어도 된다. 차가운 수프에 10센트를 내면 드라이 마티니가 나오는 식당이 늘 있다.

콘 랜트리는 케닐리 카페에서 일했다. 우리 같은 사람들은 맞은편에 거위처럼 한쪽 다리로 서서 주급을 자발적으로 탕진했다. 반대편에서는 깔끔하고, 차분하며, 명석하고, 공손하고, 흰 재킷을 입고 시간을 칼같이 지키며, 믿을 만하고, 젊고, 책임감 있는 콘이 부지런히 움직여 우리 돈을 가져갔다.

술집(좋은 곳이든 나쁜 곳이든)은 거리가 아니라 평행사변형의 작은 '광장' 중 한 곳에 있었고, 세탁부들, 타락한 네덜란드계 주민들, 그리고 둘 중 어느 쪽과도 관계가 없는 보헤미안들이 살았다.

카페 위층에는 케널리와 그의 가족이 살았다. 그의 딸 캐서린은 아일랜드계라 눈 색깔이 짙었다. 하지만 이런 얘기를 굳이 할 필요가 있을까? 당신은 당신의 제럴딘이나 일라이자앤으로 만족하면 된다. 그건 콘이 그녀의 꿈을 꾸고 있었기 때문이다. 캐서린이 저녁 식사에 낼 맥주 단지를 가져다달라고 뒤쪽 계단 발치에서 부드럽게 부를 때면 그의 심장은 교반기 속의 밀크 펀치•처럼 요동쳤다. 로맨스의 규칙은 깔끔하고 질서정연하다. 위스키를 위해 바 위에 가진 재산을 마지막 한 닢까지 다 내놓는다면, 바텐더는 그 돈을 가져가 주인의 딸과 결혼할 것이고, 다 잘될 것이다.

하지만 콘에게는 그렇지 못했다. 여자 앞에만 서면 그는 얼굴이 주홍빛이 되어 입도 떼지 못했기 때문이다. 클라레 펀치를 마시고 주정을 하는 시끄러운 젊은이를 눈빛만으로 제압하고, 레몬 짜는 도구로 난폭한 취객들을 때려눕히고, 불평하는 자들은 자신의 흰 타이에 구김 하나 내지 않고 도랑으로 가볍게 던져버리는 인물이 여자 앞에만 서면 눈사태처럼 몰아치는 부끄러움과 괴로움에 깔려 안절부절못하고 말을 더듬었다. 그러니 캐서린 앞에서는 어떻게 되었겠는가? 자기의 여신 앞에서는 제 할 말 한마디 못 하고 사시나무 떨듯 떨면서 듣기 좋은 말은커녕 돌처럼 굳어서 기껏해야 날씨 얘기나

• 독한 술에 우유를 탄 칵테일.

늘어놓는 답답하기 짝이 없는 남자였다.

그러던 어느 날, 햇빛에 그을린 두 남자, 라일리와 매쿼크가 케닐리 카페에 찾아왔다. 그들은 케닐리와 상의하더니 뒷방을 얻어서 병과 사이펀, 주전자와 약제사의 계량용 유리병들을 잔뜩 갖다놓았다. 술집의 부속품과 주류가 전부 다 거기 있었지만, 그들은 한 방울도 내놓지 않았다. 온종일 둘은 거기에서 무더위와 씨름하며 알 수 없는 양조 술과 가게에서 가져온 주류 증류물을 따르고 섞었다. 라일리는 교육을 받은 사람이어서 뭔가를 종이에 잔뜩 끄적이면서 몇 리터나 되는 액체를 몇 밀리리터, 몇 그램, 결국은 한 모금이 될 때까지 쏟아부었다. 눈이 붉고 뚱한 남자인 매쿼크는 성공적으로 완성하지 못한 혼합물을 쉰 목소리로 나직이, 소리 죽여 욕하면서 하수관에 쏟아버렸다. 그들은 원소에서 금을 뽑아내려는 두 명의 연금술사처럼 뭔가 신비스러운 용액을 얻기 위해 쉬지 않고 온 힘을 다해 노력했다.

어느 날 저녁, 콘이 이 뒷방을 찾았다. 바에서 아무것도 마시지 않으면서 날마다 케닐리의 가게에서 술을 가져가 무익한 실험을 하는 이 신비스러운 바텐더들에게 직업적 호기심이 발동한 것이다.

캐서린이 귀바라만에서 뜨는 햇살 같은 미소를 띠고 뒷계단으로 내려왔다.

"안녕하세요, 랜트리 씨. 오늘 하루는 어떠셨나요?"

"비, 비가 올 것 같습니다." 수줍은 콘은 벽에 붙어 서서 더듬거리며 대답했다.

캐서린이 말했다. "잘됐네요. 물이 제일 좋은 거죠." 뒷방에서 라일리와 매쿼크는 그들의 이상한 혼합물을 놓고 수염 난 마녀들처럼 열심히 일하고 있었다. 그들은 라일리의 계산에 따라 조심스럽게 오십 병을 계량해서 커다란 유리통에 따르고 한꺼번에 휘저었다. 그런 다음 매쿼크는 침울하게 욕설을 중얼거리며 쏟아버렸고, 그들은 다시 시작했다.

"우리 얘기를 해줄 테니 앉아봐요." 라일리가 콘에게 말했다.

"지난여름에 나와 팀은 니카라과에 미국식 술집을 열면 수익이 짭짤할 거라고 생각했지요. 바닷가에 있는 마을이었는데, 거기에는 먹을 거라고는 키니네뿐이고 마실 거라고는 럼주가 전부였거든요. 주민들과 외국인들은 밤에 잘 때는 추위에 떨고 아침에 일어나면 더위에 시달렸지. 잘 만든 혼합주야말로 이런 열대의 불편을 싹 다 날려줄 자연의 처방이란 말이오.

그래서 우리는 뉴욕에서 주류와 술집용 집기며 유리그릇들을 잔뜩 싣고, 석회 증기선을 타고 산타 팔마로 떠났단 말이지. 가면서 나랑 팀은 날치를 구경하고 선장과 집사와 카드 게임을 했다오. 벌써 남회귀선의 하이볼 왕이 된 기분이었지요.

다섯 시간을 가서 탄산 섞은 혼합주를 내놓고 거스름돈은 덜 줄 나라에 도착했더니 선장이 우리를 우현 나침함으로 불러서 몇 가지 얘기를 해주더군요.

선장이 이렇게 말합디다. '내 말해주는 것을 깜박했는데, 니카라과가 지난달부터 병에 든 화물은 전부 수입관세를 48퍼센트 물리기로 했다오. 대통령이 신시내티 양모제를 타바스코 소스로 잘못 알고 먹고서는 앙갚음을 해주기로 했다나. 통에 든 화물은 무관세고.'

우리가 말했지요. '진작 말씀해주셨으면 좋았을 텐데요.' 그래서 우리는 선장한테서 160리터짜리 통 두 개를 사서 우리가 가진 병에 든 것을 전부 다 그 속에 부었답니다. 48퍼센트나 관세를 물게 되면 우리는 쫄딱 망할 테니까요. 그러니 술을 다 버리느니 1200달러짜리 칵테일을 만들어버린 거지요.

육지에 올라 통을 열었답니다. 혼합주는 차마 못 볼 꼴이었어요. 빛깔은 바워리 완두콩 수프 같고, 맛은 지는 쪽을 뽑아 마음고생할 때 고모가 만들어준 커피 대체물 같았지요. 한 흑인한테 한번 맛보라고 조금 주었더니 사흘 동안을 코코넛나무 아래 드러누워 그 술을 추천해주지 않더라고요.

하지만 다른 통은! 노란 띠로 테를 두른 밀짚모자를 쓰고 호주머니에 800만 달러를 넣고 예쁜 아가씨랑 풍선을 타고 하늘 높이 올라가본 적 있소? 그 술을 딱 서른 방울만 마시면 바로 그런 기분이 된단 말이오. 그 술이 반 잔쯤 들어가면 두 손에 얼굴을 묻고 엉엉 울게 될 거요. 짐 제프리스•도 때려눕힐 수 있을 것 같거든. 그래, 그 두 번째 통에 있던 술은 싸움과 돈, 고상한 삶을 증류한 영약이었다오. 황금빛에 유리처럼 맑고, 어두워진 후에도 여전히 그 안에 햇살이 있는 것처럼 빛났지요. 그런 술을 술집에서 마시려면 앞으로 1000년은 더 지나야 할걸.

우리는 그 술을 가지고 사업을 시작했어요. 그 술 하나면 충분했다오. 그 지역의 혼혈 신사들이 벌 떼처럼 모여들었답니다. 그 통의 술이 떨어지지 않았다면 그 나라는 세상에서 가장 멋진 곳이 되었을 거요. 아침에 문을 열면 장군과 대령과 전직 대통령과 혁명가들이 그 술맛을 보겠다고 길게 줄을 서서 기다리고 있었지요. 처음에는 한 잔에 50센트씩 팔았지요. 마지막 남은 38리터는 한 모금에 5달러를 받았는데도 불티나게 팔렸다오. 굉장한 술이었어요. 용기와 야심과 뭐라도 할 수 있다는 배짱을 주었고. 또 자기 돈이 더럽든 마약 거래상한테서 바로 나온 것이든 상관하지 않게 되었지요. 그 통이 반쯤 남았을 때 니카라과가 국가 부채 지불 이행을 거부하고 담배에 물리는 관세를 철폐해서 미국과 영국에 전쟁을 선포할 참이었답니다.

우리는 얼결에 이런 최고의 술을 발견했던 거였소. 다시 해낸다면 행운 덕이겠지요. 열 달 동안 무진 애를 썼답니다. 한

● 미국의 프로 권투선수이자 헤비급 챔피언이었던 짐 제프리스(1875~1953).

번에 조금씩 여러 가지를, 술을 주조하는 전문가들에게 해롭다고 알려진 성분까지 다 통 속에 섞어보았어요. 나랑 팀이 소비한 위스키, 브랜디, 리큐어, 쓴 맥주, 진, 포도주로 술집을 열 개는 채울 수 있었을 거요. 그런 최고의 술이 나오지 않다니! 슬픈 일이었고 돈도 많이 손해 봤어요. 미국도 그런 술이라면 두 팔 벌려 환영하고 기꺼이 값을 치를 거요."

라일리가 이야기를 할 동안에도 매쿼크는 그가 제일 최근에 연필로 적은 처방에 따라 다양한 주류를 조금씩 조심스럽게 계량해서 섞었다. 완성된 혼합주는 얼룩덜룩한 초콜릿색에 못 먹을 맛이었다. 매쿼크는 맛을 보고 그에 걸맞은 욕설과 함께 하수구에 쏟아버렸다.

콘이 말했다. "진짜라 해도 참으로 이상한 이야기로군요. 이제 저는 저녁을 먹으러 가봐야겠습니다."

라일리가 말했다. "한 잔 가져가시오. 제조법을 잃어버린 그 혼합주 말고는 우리한테는 없는 술이 없으니까."

콘이 말했다. "저는 물 말고 다른 것은 입에도 대지 않습니다. 계단 옆에서 방금 전에 캐서린 양을 만났어요. 그녀의 말이 딱 맞아요. '물이 제일 좋은 거죠.'"

콘이 자리를 뜨자 라일리는 매쿼크가 쓰러질 정도로 세게 그의 등에 주먹을 날렸다.

그가 소리쳤다. "들었어? 우리 둘 다 바보야. 우리가 배에 아폴리나리스 생수 일흔두 병을 갖고 있었어. 자네가 그걸 땄

잖아. 통에 다 부었지. 어느 통이었어, 이 멍청아?"

매쿼크가 느릿느릿 말했다. "두 번째 통이었던 것 같은데. 옆에 파란 종이를 붙여놓았던 거."

라일리가 외쳤다. "이제야 알겠다. 우리가 빠뜨린 게 바로 그거였어. 비결은 물이었다고. 물만 넣으면 되는 거였어. 서둘러. 바에 가서 아폴리나리스 두 병 가져와. 그동안 나는 비율을 계산하고 있을 테니."

한 시간 후 콘은 케닐리 카페 쪽으로 걸어갔다. 성실한 노동자들은 휴식 시간에도 신비스러운 매력에 이끌려 자기가 일하는 곳 근처를 떠나지 못하는 법이다.

경찰의 죄수 호송차가 옆문에 서 있었다. 경찰 세 명이 라일리와 매쿼크를 뒷계단에서 떠밀다시피 데려가고 있었다. 한바탕 난투극을 벌인 듯 둘의 눈과 얼굴이 멍투성이에 찢어진 상처가 있었다. 그러나 그들은 이상한 기쁨에 들떠 환성을 질렀고, 아직도 호전적인 광기가 가시지 않아 경찰들에게 고함을 쳤다.

"뒷방에서 서로 싸웠다나." 케닐리가 콘에게 사정을 설명해 주었다. "노래도 부르고! 그건 더 나빴어. 모조리 다 때려 부쉈다니까. 그래도 좋은 사람들이야. 다 변상하겠대. 새로운 칵테일을 개발하는 중이었다더군. 아침이 되면 멀쩡하게 나올 거야."

콘은 싸움터를 보러 뒷방으로 들어갔다. 복도로 들어가니 캐서린이 막 계단을 내려오던 참이었다.

캐서린이 말했다. "또 뵙네요, 랜트리 씨. 아직도 날씨에 대한 새로운 소식은 없나요?"

"아직도 비, 비가 올 것 같아요." 콘은 창백한 뺨이 붉어져서 지나갔다.

라일리와 매쿼크는 정말로 한바탕 큰 싸움을 벌였다. 깨진 병과 유리가 여기저기 널려 있었다. 방은 알코올을 증류한 연기로 가득했다. 바닥에는 술 웅덩이들이 있었다.

테이블 위에 눈금이 매겨진 900그램 유리잔이 있었다. 그 밑바닥에는 액체가 두 숟갈쯤 깔려 있었다. 깊은 금광 속 죄수에게 햇살을 보내줄 듯 밝은 황금빛 액체였다.

콘은 냄새를 맡았다. 맛을 보았다. 다 마셔버렸다.

그가 복도로 다시 돌아오자 캐서린이 막 계단을 올라가려던 참이었다.

"아직도 소식이 없나요, 랜트리 씨?" 그녀가 놀리듯 웃으며 물었다.

콘이 그녀를 번쩍 안아 들어 올렸다.

"소식은 바로 우리가 결혼한다는 겁니다."

그녀가 화를 내며 외쳤다. "내려놔주세요! 안 그러면, 아, 콘, 어디에서 그런 말을 할 용기가 난 거예요?"

피미엔타 팬케이크

프리오강 바닥에서 트라이앵글-오 목장의 소 떼를 모으던 중 죽은 메스키트 나무의 튀어나온 가지에 나무 등자가 걸렸고, 그 바람에 발목을 접질려 캠프에 일주일을 누워 있어야 했다.

어쩔 수 없이 빈둥거리고 지내다가 사흘째 되는 날, 식량 마차 근처로 기어 나가 캠프 요리사인 저드슨 오덤이 불을 피워놓고 수다 떠는 것을 들으며 기운 없이 기대 누워 있었다. 저드슨은 천성이 혼자서도 쉬지 않고 떠드는 수다쟁이였지만, 늘 그렇듯이 운명의 장난으로 평생 대부분의 시간을 들어주는 이 없이 홀로 있는 직업을 갖게 되었다.

그러니까 나는 저드의 완고한 침묵의 사막에 내린 만나였다.

때마침 나는 뭔가 늘 먹던 음식이 아닌 다른 것을 먹고 싶다는 헛된 소망에 사로잡혀 있었다. 나는 "첫사랑만큼 깊고,

모든 후회만큼 격한" 엄마의 식료품 찬장이 떠올라 이렇게 물었다.

"저드, 팬케이크 만들 수 있어?"

저드는 영양 스테이크 고기를 두드리려고 준비하던 6연발 총을 내려놓고 위협적으로까지 느껴지는 태도로 내 앞에 섰다. 의심하는 듯한 차가운 표정에 밝고 푸른 눈으로 나를 쏘아보아서 분개한 인상마저 주었다.

그는 과장하지는 않았지만 진짜로 화난 투로 말했다. "말해봐. 진짜로 해달라는 거야, 아니면 그냥 한번 나를 떠보려는 거야? 누구한테서 나랑 팬케이크 얘기를 들었어?"

나는 진지하게 말했다. "아니야, 저드. 진심으로 한 말이야. 햇작물로 솥뚜껑에 부쳐서 뉴올리언스 시럽을 뿌린 버터 바른 팬케이크 한 무더기라면 내 당나귀랑 안장까지 내놓겠어. 팬케이크에 대해 무슨 얘기라도 있었어?"

저드는 내게 다른 뜻이 없었음을 알자 즉시 누그러졌다. 그는 식량 마차에서 뭔지 모를 주머니와 양철 상자들을 가져와 내가 기대 누워 있던 팽나무 그늘에 늘어놓았다. 나는 그가 느긋하게 도구들을 늘어놓고 많은 끈을 푸는 모습을 쳐다보았다.

저드가 일을 하면서 말했다. "아니, 별 얘기는 아니고, 마이어드 뮬 캐나다 농장의 눈이 벌건 양치기와 윌렐라 리어라이트 양이랑 나 사이에 있었던 복잡할 것 없는 사건일 뿐이야.

들려줄게.

산 미겔의 빌 투미 목장에서 가축을 돌보던 때였지. 하루는 음매 하는 소리도, 매 소리도, 꿀꿀 소리나 꼬꼬댁 소리도 낸 적 없는 통조림 음식을 먹고 싶어서 견딜 수가 없더라고. 그래서 말에 올라타고 뉴에이서스강의 피미엔타 크로싱에 있는 엉클 엠즐리 텔페어의 가게로 달려갔지.

오후 3시쯤 되어 메스키트 나뭇가지에 말고삐를 던지고 20미터쯤 떨어진 엉클 엠즐리네 가게로 걸어갔어. 판매대 앞에 서서 엉클 엠즐리한테 전 세계에서 수확한 과일을 바닥내버리겠다고 말했지. 잠시 후 나는 크래커 한 봉지와 자루가 긴 수저를 들고 살구, 파인애플, 체리, 녹색 자두를 다 한 캔씩 뜯어놓고 퍼먹고 있었어. 내 옆에서는 엉클 엠즐리가 영 안 열리는 노란 뚜껑을 손도끼로 따느라고 정신이 없었고. 사과를 앞에 둔 아담이 된 기분이었다니까. 판매대 옆면을 박차로 차면서 길이 60센티미터짜리 수저를 열심히 놀리다가 문득 창밖으로 엉클 엠즐리네 가게 마당을 내다보았어.

거기에 한 여자가 서 있지 뭐야. 외지에서 온 여자였어. 크로케 망치를 들고 장난치면서 내가 과일 통조림 산업을 장려하는 꼴을 보고 재미있어하더군.

나는 판매대에서 빠져나와 내 삽을 엉클 엠즐리에게 넘겨주었어.

엠즐리가 말했어. '내 조카딸이야. 팔레스타인에서 방문하

러 온 윌렐라 리어라이트지. 소개해줄까?'

나는 내 생각들을 우리로 몰아넣으려고 애썼어. '성지로군. 뭐 어때? 팔레스타인에는 틀림없이 천사들이 있겠지. 흠, 좋아요, 엉클 엠즐리.' 나는 소리내어 말했어. '리어라이트 양을 꼭 만나보고 싶어요.'

그래서 엉클 엠즐리가 나를 마당으로 데리고 나가 서로 인사를 시켜주었어. 난 절대 여자 앞에서 몸이나 배배 꼬는 위인이 아니야. 어째서 아침밥을 먹기 전에 야생마를 길들이고 어둠 속에서 면도를 할 수 있는 남자들이 캘리코 천을 두른 상대를 보면 어쩔 줄 몰라 하면서 진땀을 흘리고 변명을 늘어놓는 경우가 있는지 도무지 이해할 수 없다니까. 십 분도 안 지나서 나와 윌렐라 양은 육촌 사이처럼 허물없이 크로케 공을 놓고 다투었어. 그녀는 나에게 과일 통조림을 몇 개나 먹어치운 거냐고 물었고, 나는 이브라는 이름의 어떤 귀부인이 최초의 공짜 초원에서 과일을 가지고 문제를 일으킨 일을 단호하게 지적해서 복수했지.

그렇게 해서 윌렐라 리어라이트 양과 가까운 사이가 되었던 거야. 시간이 갈수록 점점 더 가까워졌고. 그녀는 건강 때문에 피미엔타 크로싱에 왔던 거였어. 사실 건강은 아주 좋았고, 그곳은 기후로 말하자면 팔레스타인보다 한참 더웠지만. 나는 한동안은 매주 그녀를 보러 말을 타고 갔어. 그러다가 두 배로 자주 간다면 두 배 더 많이 볼 수 있겠다는 생각이 들었지.

그래서 한 주에 세 번씩 가게 되었어. 그러다가 팬케이크와 눈이 벌건 양치기가 끼어들게 되었던 거지.

그날 저녁, 판매대에서 복숭아랑 자두 두 개를 입에 넣고 엉클 엠즐리에게 윌렐라 양의 안부를 물었지.

엉클 엠즐리가 대답했어. '그 애는 잭슨 버드랑 말을 타러 갔다네. 마이어드 뮬 캐나다 목장의 양치기 말이야.'

나는 복숭아랑 자두 두 개를 씨까지 다 삼켜버렸어. 내가 없는 사이에 누군가가 고삐를 잡은 거라고. 곧장 걸어 나와 내 말을 매어둔 메스키트 나무에 기대앉았지.

나는 말의 귀에 대고 속삭였어. '그녀가 말을 타고 나갔어. 캐나다 농장의 양치기인 노새 버드스톤 잭이랑. 알고 있었니?'

내 말이 히힝 울었어. 목장용 조랑말로 키워진 놈이라 양치기를 좋아하지 않았지.

나는 엉클 엠즐리한테 다시 가서 물었어. '양치기라고 했어요?'

그가 말했어. '그렇게 말했어. 자네도 잭슨 버드에 대해 들어봤겠지. 그는 20제곱킬로미터 넓이 목초지에 북극권 한계선 남쪽으로 최상급 메리노 양 4000두를 가지고 있어.'

나는 밖으로 나와 가게 그늘 속에 앉아 선인장에 기댔어. 멍하니 손에 쥔 모래를 장화 속으로 흘리면서 제 이름을 잭슨이라는 깃털로 치장한 이 새에 대해 한참을 혼자서 떠들었지.

양치기를 해칠 생각은 전혀 없었어. 하루는 양치기 한 놈이 말 등 위에서 라틴어 문법 책을 읽고 있는 것을 본 적이 있어. 하지만 맹세코 나는 그에게 손가락 하나 대지 않았다니까! 카우보이들은 대개 양치기들을 거슬려 하지만, 나는 그러지 않아. 자네도 양치기들이 식탁에서 밥을 먹고 작은 신을 신고 이런저런 얘기를 한다고 해서 그들을 해치지는 않을 거 아냐? 난 자네가 토끼들을 그냥 보내주듯이 항상 그 녀석들을 그냥 보내줬어. 먹을 것을 서로 바꿔 먹지는 않아도 인사를 하고 날씨 얘기 정도는 했지. 양치기하고 척질 것까지야 없다고 생각했지. 그런데 내가 마음이 너그러워서 살려두었더니 윌렐라 리어라이트 양이랑 말을 타고 돌아다니지 않겠나!

한 시간쯤 지나 그들은 말을 타고 돌아와서 엉클 엠즐리네 가게 문 앞에 섰어. 양치기는 그녀가 말에서 내리도록 도와주더군. 그들은 잠시 서로 활기차고 현명한 말들을 주고받았어. 그러더니 이 깃털로 꾸민 잭슨이 제 안장 위로 훌쩍 올라타서 모자를 들어 인사하고는 제 양고기 목장 쪽으로 달려가더군. 그쯤에서 나도 장화에서 모래를 털어내고 선인장에서 몸을 떼었어. 그가 피미엔타에서 500미터쯤 멀어졌을 때, 내가 말을 타고 그의 옆으로 따라붙었지.

그 양치기의 눈이 벌겋다고 했지만, 그렇지는 않았어. 눈은 회색이었지만 속눈썹이 분홍색이고 머리카락은 모래색이었지. 그러니까 자네도 그렇게 생각할 거야. 양치기라고? 그는 하여튼 양치기에 불과한 놈이었어. 노란 비단 손수건을 목에 두르고 신발에는 나비매듭을 단 별 볼 일 없는 녀석이지.

'안녕하슈!' 내가 인사를 건넸지. '지금 당신과 나란히 말을 달리는 사람은 총 솜씨 때문에 만나면 죽는다고들 하는 저드슨이라오. 낯선 사람한테 제 소개를 하고 싶을 때는 항상 총을 뽑기 전에 하지요. 유령이랑 악수할 마음은 없으니까.'

그가 이렇게 말했어. '아, 만나서 반갑군요, 저드슨 씨. 나는 마이어드 퓰 목장의 잭슨 버드예요.'

바로 그때 한쪽으로 뻐꾸기 한 마리가 부리에 어린 거미를 물고 언덕을 폴짝폴짝 내려오는 것을 보았어. 또 한쪽으로는 느릅나무의 죽은 가지에 앉은 매가 보였고. 나는 그에게 보여주려고 45구경 권총으로 둘을 차례로 쏘았지. '셋 중 둘, 새들은 내가 어딜 가나 내 총구를 끌어당긴다니까.'

양치기가 태연하게 말했지. '대단한 솜씨로군요. 하지만 세 번째 새는 놓칠 때도 있다는 거 아닙니까? 지난주에 갓 돋은 잔디에 좋은 부슬비가 내렸지요, 저드슨 씨?'

나는 그의 말 쪽으로 다가갔어. '병아리, 자네한테 푹 빠진 부모는 잭슨이라는 이름을 주었을지 몰라도 자네는 지저귀는 병아리로 털갈이를 했어. 비가 어쨌느니 하는 소리는 이쯤에서 집어치우고 앵무새나 지껄일 얘기 말고 다른 걸로 들어가지. 피미엔타에서 젊은 숙녀분들이랑 말을 타고 다니는 건 나쁜 습관이야. 나는 그보다 별것 아닌 일로도 토스트 위에 올라간 새들을 알고 있지. 윌렐라 양은 조류학의 잭슨파에서 나온 작은 새가 양털로 만든 둥지 따위는 원하지 않아. 자, 포기하겠나, 아니면 만나면 죽는다는 내 별명이 이름값을 하는지 한번 도전해보겠나?'

잭슨 버드는 얼굴이 벌게지더니 껄껄 웃었어.

'저드슨 씨, 뭔가 오해를 하고 있군요. 리어라이트 양을 몇 번 찾아갔던 건 사실이에요. 하지만 당신이 생각하는 이유 때문은 아니었어요. 내 목적은 어디까지나 미식이에요.'

나는 총으로 손을 뻗었지.

'불명예를 자랑삼는 코요테라면…….'

버드가 말했어. '설명할 테니 잠깐만 기다려요. 내가 아내를 가져서 뭐 하겠어요? 내 목장을 당신이 봤어야 하는데! 요리도 수선도 내 손으로 다 해요. 양치기에서 얻는 유일한 즐거움이 먹는 거죠. 저드슨 씨, 리어라이트 양이 만든 팬케이크를 맛본 적 있어요?'

'내가? 아니, 그녀가 요리를 한다는 말은 들어본 적이 없는데.'

그가 말했어. '그녀의 팬케이크는 에피쿠로스의 암브로시아처럼 향기로운 불에 노릇하게 꿀빛으로 구운 황금 햇살이에요. 그런 팬케이크를 만드는 요리법을 손에 넣을 수 있다면 내 수명에서 2년을 떼어줄 거예요. 리어라이트 양을 만나러 갔던 건 바로 그 때문이에요. 하지만 요리법은 얻을 수가 없었어요. 75년 동안 집안에 내려온 오래된 요리법이라는 거예요. 한 세대에서 다음 세대로 물려줄 뿐 절대 바깥 사람에게는 주지 않아요. 그 요리법을 얻을 수만 있다면, 내 목장에서 직접 그 팬케이크를 만들 수 있을 텐데 말이에요. 그러면 나는 더 바랄 게 없을 텐데.'

내가 그에게 말했어. '당신이 원하는 것이 정말로 그 팬케이크 반죽을 섞는 손이 아니란 말이오?'

'그렇고말고요. 리어라이트 양은 물론 훌륭한 처녀지만, 분명히 말하건대 내 의도는 어디까지나 미…….' 그러나 그는 내 손이 총으로 내려가는 것을 보더니 말을 바꾸었어. '팬케이크 요리법을 얻는 것뿐이에요.' 그가 말을 마쳤지.

나는 공정해지려고 애쓰면서 이렇게 말했어. '당신은 그리 나쁜 놈은 아니로군. 당신 양 떼를 고아로 만들까 했지만, 이번에는 곱게 보내주겠소. 하지만 쌓아놓은 팬케이크 더미 한가운데에만 달라붙어 있어야 해요. 시럽에 딴마음을 품거나 했다가는 당신 목장에서 노래를 불러도 당신은 듣지 못하게 될 거요.'

양치기가 말했지. '제 말이 진심이라는 것을 확인시켜드리려고 하는 말인데, 저를 좀 도와주세요. 리어라이트 양과 가까운 친구 사이이니 저에게는 해주지 않는 일도 당신을 위해서라면 해줄지도 모르지요. 그 팬케이크 요리법을 좀 구해다 준다면, 다시는 그녀를 찾아가지 않겠다고 약속할게요.'

'그거 공정하군.' 나는 이렇게 말하고는 잭슨 버드와 악수를 했어. '할 수 있다면 당신을 위해 구해다주겠소.' 그러고는 그는 드넓은 선인장 평원을 지나 마이어드 뮬 목장 쪽으로 갔고, 나는 북서쪽으로 방향을 돌려 빌 투미 목장으로 돌아왔지.

닷새 후 또 피미엔타에 갈 일이 생겼어. 윌렐라 양과 함께 엉클 엠즐리네 가게에서 즐거운 저녁 시간을 보냈지. 그녀는 노래를 불렀고, 오페라에 나오는 여러 곡을 피아노로 연주했어. 나는 방울뱀 흉내를 내고, 그녀에게 스네이키 맥피가 새로 고안한 소가죽 벗기는 법에 대해 이야기해주고, 세인트루이스로 여행 갔던 얘기도 해주었지. 우리는 서로 잘되어가는 중이었어. 잭슨 버드한테 지금 손 떼라고 설득할 수만 있다면 내가 이기는 거야. 나는 팬케이크 요리법에 대한 그와의 약속을 떠올리고 윌렐라 양을 잘 구슬려 그것을 얻어내서 그에게 줘야겠다고 생각했어. 그러고 나서도 버디가 다시 마이어드 뮬에서 나온다면 그때는 줄행랑을 치게 만들어주고 말 거야.

그래서 10시쯤 되었을 때 미소를 띠고 윌렐라 양에게 말했지. '푸른 잔디 위의 붉은 수소보다 더 보기 좋은 것이 있다면, 제당소의 당밀을 듬뿍 뿌린 뜨거운 팬케이크뿐이지요.'

윌렐라 양은 피아노 의자 위에서 흠칫하더니 기묘한 얼굴로 나를 보았어.

그녀가 말했지. '맞아요. 정말 맛있지요. 오덤 씨, 세인트루이스에서 모자를 잃어버렸다던 그 거리 이름이 뭐라고 했지요?'

'팬케이크가요.' 나는 눈짓으로 집안의 요리법에 대해 얘기하고 있는 거라고 알려주었어. 화제를 딴 데로 돌릴 수는 없었지. '자, 윌렐라 양, 당신이 팬케이크를 어떻게 만드는지 좀 들어봅시다. 지금 팬케이크가 내 머릿속에서 마치 바퀴처럼 돌고 있어요. 시작해볼까요. 밀가루 500그램, 달걀 여덟 타. 재료 목록이 어떻게 되지요?'

'잠시만 실례할게요.' 윌렐라 양은 이렇게 말하고는 나를 잽싸게 곁눈질하더니 의자에서 내려왔어. 그녀는 다른 방으로 갔고, 곧 셔츠 바람의 엉클 엠즐리가 물주전자를 들고 들어오더군. 그가 탁자 위의 유리잔을 잡으려고 돌아섰어. 나는 그의 뒷주머니에 꽂힌 45구경 총을 보았어. 이렇게 생각했지. '대단한걸! 요리법을 지키려고 총질도 불사하는 집안이 있다니. 불화가 있는 사이라도 그 정도까지는 하지 않는 집들도 있던데.'

엉클 엠즐리가 물잔을 나에게 내밀면서 말했어. '이거 쭉 마시게. 오늘 자네 너무 멀리까지 갔어, 저드. 진정하게나. 이제 생각을 다른 데로 돌려보게.'

'팬케이크 만드는 법 아세요, 엉클 엠즐리?' 내가 물었지.

'흠, 그렇게 속속들이 잘 알진 못해. 하지만 파리의 반죽용 체랑 반죽 약간, 베이킹 소다, 옥수숫가루를 가져오고, 늘 하던 대로 달걀이랑 버터밀크를 섞게. 이번 봄에 빌 영감이 캔자스시티에 쇠고기를 배로 실어 가나, 저드?'

내가 그날 밤 얻을 수 있었던 팬케이크 요리법은 그게 전부였어. 그러니 당연히 잭슨 버드가 해내기는 무리겠지. 그래서 그 얘기는 접고 잠시 엉클 엠즐리와 뿔피리랑 태풍 얘기를 나누었지. 윌렐라 양이 들어와서 작별 인사를 했어. 나는 목장으로 돌아왔지.

한 주쯤 지나 말을 타고 가다가 피미엔타에서 잭슨 버드와 마주쳤어. 우리는 길에 서서 실없는 말을 몇 마디 주고받았지.

'그 팬케이크에 대해 아직 뭐 좀 알아낸 게 없소?' 내가 그에게 물었지.

'흠, 없어요. 계속해봤자 소용없을 것 같아요. 당신은 시도해봤어요?'

'했지요. 땅콩 껍질로 구멍에서 프레리도그●를 파내는 거나 마찬가지더군. 그 팬케이크 요리법을 그렇게 악착같이 지키는 것을 보니 대단한 거라도 되나봐요.'

'난 이만 포기할까봐요.' 하도 낙담한 투여서 그가 안돼 보였어. '하지만 내 외로운 목장에서 먹을 팬케이크 만드는 법을 정말로 알고 싶었어요. 팬케이크 생각에 밤을 샐 지경이란 말이에요.'

내가 그에게 말했지. '포기하지 말고 계속 시도해봐요. 나도 그럴 테니. 우리 중 하나는 머잖아 성공하겠지. 자, 안녕히 가시오, 잭시.'

● 북미 대초원 지대에 사는 다람쥣과 동물.

보다시피 이때쯤의 우리는 평화로운 관계였어. 그가 윌렐라 양을 쫓아다니지 않는다는 것을 알게 되니까 그 모래색 머리의 양치기를 생각해도 화가 나지 않더군. 그의 식욕이 품은 야심을 도와주기 위해 나는 계속해서 윌렐라 양에게서 그 요리법을 알아내려고 애썼지. 하지만 내가 '팬케이크' 말만 꺼내도 그녀는 눈빛이 불안해지면서 화제를 바꾸는 거야. 계속 그 얘기를 할라치면 빠져나가버리고 뒷주머니에 권총을 찬 엉클 엠즐리가 물주전자를 들고 들어왔지.

하루는 포이즌드 도그 평원에서 꺾은 푸른 버베나 한 다발을 들고 가게로 갔지. 엉클 엠즐리가 그걸 보더니 이렇게 말하더군.

'아직 소식 듣지 못했나?'

'소 떼 말인가요?' 내가 되물었지.

'윌렐라와 잭슨 버드가 어제 팔레스타인에서 결혼했다네. 오늘 아침에 막 편지가 왔어.'

나는 크래커 통에 꽃다발을 떨어뜨렸어. 그 소식이 내 귓가에서 왼쪽 셔츠 호주머니로 흘러내려 발밑까지 떨어졌어.

'다시 한번 말씀해주시겠어요, 엉클 엠즐리? 제가 잘못 들었나 해서요. 최상급 어린 암소가 산 채로 4달러 80센트라고 했던가, 뭐 그런 말씀을 하셨죠.'

엉클 엠즐리가 말했어. '어제 결혼해서 웨이코랑 나이아가라 폭포로 신혼여행을 떠났다니까. 자네, 아무런 낌새도 눈치

채지 못했나? 잭슨 버드가 그 애랑 같이 말 타러 나갔다 온 날 이후로 줄곧 구애를 했는데.'

나는 고함을 치다시피 외쳤어. '그럼 그놈이 나한테 팬케이크에 대해 지껄인 헛소리는 다 뭐였어요? 말해주세요.'

내가 '팬케이크'라는 말을 하자 엉클 엠즐리는 뒤로 물러섰어.

'팬케이크 얘기로 나를 속였어요. 알아내고 말 거예요. 아저씨는 알고 있죠. 말해봐요. 그러지 않으면 지금 여기에서 팬케이크 반죽을 프라이팬 가득 섞어보든가.'

나는 엉클 엠즐리를 쫓아 판매대를 넘어갔어. 그는 총을 찾았지만 서랍에 있어서 미처 손이 닿지 않았지. 나는 그의 멱살을 움켜쥐고 구석에 처박았어.

내가 말했지. '팬케이크 얘기를 해봐요. 아니면 팬케이크로 만들어주겠어. 윌렐라 양이 만들지?'

엉클 엠즐리가 달래듯 말했지. '그 애는 팬케이크는 평생 한 번도 만들어본 적이 없고, 나도 본 적이 없어. 이제 진정하게, 저드. 진정해. 자네 흥분했어. 머리에 입은 상처 때문에 생각을 제대로 하지 못하고 있다고. 팬케이크 생각은 말도록 해.'

내가 말했지. '엉클 엠즐리, 제 머리에는 아무 상처도 없고 타고난 인지능력도 전혀 문제가 없어요. 잭슨 버드가 저한테 윌렐라 양이 팬케이크를 어떻게 만드는지 알아낼 셈으로 찾아갔다고 말했단 말이에요. 저한테 뭐가 들어가는지 알아내도록 도와달라고 부탁했다고요. 그 말대로 해주었는데, 보시다시피 결과가 이거예요. 제가 그 눈 벌건 양치기 놈한테 당한 건가요?'

엉클 엠즐리가 말했어. '이 손 좀 놔줘. 그럼 말해줄 테니. 그래, 잭슨 버드가 자네한테 사기 친 것 같군. 잭슨이 윌렐라랑 말을 타러 나갔던 다음 날, 돌아와서 나랑 그 애한테 자네가 팬케이크 얘기를 꺼내거든 조심하라고 일러주더군. 자네가 있던 캠프에서 사람들이 팬케이크를 요리하고 있었는데, 어떤 녀석이 프라이팬으로 자네 머리를 찢었다는 거야. 잭슨 말로는 자네는 지나치게 흥분하면 그 상처가 도져서 돌아버려가지고 팬케이크에 미쳐 날뛴다고 하더군. 그래서 우리더러 내가 그 얘기를 하지 못하게 잘 달래기만 하면 위험하지 않을 거라고 했어. 그래서 나랑 윌렐라는 최선을 다해 자네한테 그렇게 했지. 그 잭슨 버드는 확실히 양치기로서는 흔치 않은 녀석이로군.'"

저드는 이야기를 하면서 자루와 캔 속에 든 것들을 덜어서 천천히, 그러나 솜씨 좋게 섞었다. 이야기가 끝나가자 내 앞에 완성된 것을 내놓았다. 주석 접시에 놓인 붉은색의 뜨끈뜨끈하고 먹음직한 팬케이크 두 장이었다. 그는 또한 비밀 저장소에서 최상급 버터 한 덩어리와 황금색 시럽도 한 병 가져왔다.

"언제 있었던 일이야?" 내가 그에게 물었다.

저드가 대답했다. "3년 전이야. 그들은 지금은 마이어드 뮬 목장에 살고 있지. 하지만 난 그 후로는 둘 다 본 적이 없어. 들리는 말로는 잭슨 버드가 나를 팬케이크 나무에 올려놓고, 그동안 내내 흔들의자며 창문 커튼 따위로 자기 목장을 멋지게 꾸몄다더군. 아, 얼마 안 있어 나는 그 일을 이겨냈어. 하지만 애들이 계속 떠들고 다닌다니까."

"이 케이크는 그 유명한 요리법으로 만든 건가?" 내가 물었다.

저드가 말했다. "요리법 따위는 없었다는 말 내가 안 해줬던가? 아이들이 팬케이크가 먹고 싶어 죽겠다고 하도 난리를 쳐서 이 요리법을 신문에서 오려냈지. 맛이 어떤가?"

내가 대답했다. "맛있어. 좀 먹어보지 그래, 저드?"

분명 한숨 소리를 들었다.

"내가? 난 죽어도 안 먹어."

매디슨 스퀘어의
아라비안나이트

광장 근처의 아파트에서 필립스가 카슨 차머스에게 저녁에 온 우편물을 가져다주었다. 늘 오는 서신 외에 똑같은 외국 소인이 찍힌 우편이 두 통 있었다.

도착한 우편물 중 하나에는 한 여성의 사진이 들어 있었다. 또 하나에는 끝없이 이어지는 편지가 있었다. 차머스는 그 편지를 한참 동안 열심히 읽었다. 다른 여성에게 온 편지였다. 거기에는 꿀을 듬뿍 묻혔지만 독을 품은 가시 돋친 말과 사진 속의 여인에 대한 빈정거림이 담겨 있었다.

차머스는 그 편지를 잘게 찢어버리고 안절부절못하며 값비싼 양탄자가 닳도록 그 위를 서성거렸다. 정글에 살던 짐승이 우리에 갇히면 그러듯이 의혹의 정글에 갇힌 남자도 그런 짓을 한다.

그는 서서히 안정을 되찾았다. 양탄자는 마법의 양탄자가 아니었다. 그것을 타고는 5미터 이상은 갈 수 없었다. 5천만 킬로미터는 능력 밖의 일이었다.

필립스가 나타났다. 그는 절대 안으로 들어오지 않았다. 그는 기름칠한 지니처럼 변함없이 모습을 드러냈다.

"여기에서 저녁 식사를 하시겠습니까, 아니면 나가서 드시겠습니까?" 그가 물었다.

차머스가 대답했다. "여기에서 먹겠네. 삼십 분 후에." 그는 텅 빈 거리에서 1월의 돌풍이 울리는 트롬본 소리에 우울하게 귀를 기울였다.

그가 막 사라지려는 지니에게 말했다. "잠깐만. 광장 끝을 건너 집으로 오는 길에 사람들이 길게 줄을 선 것을 보았네. 한 사람이 뭔가 위에 올라서서 얘기를 하고 있던데. 그 사람들은 왜 줄을 서 있는 건가, 거기에서 뭘 하고 있나?"

필립스가 대답했다. "노숙자들입니다. 상자 위에 올라선 사람은 그들에게 하룻밤 잠자리를 구해주려는 것이고요. 사람들이 지나가다 그의 말을 듣고 와서 돈을 줍니다. 그러면 그 돈으로 숙박비를 낼 수 있을 만큼 사람들을 보내지요. 그래서 줄을 서 있는 겁니다. 온 순서대로 잠자리를 얻게 되니까요."

차머스가 말했다. "저녁 식사가 준비되거든 그중 한 명을 여기로 좀 데려와주게. 함께 저녁을 들겠네."

"누…… 누굴 데려올까요?" 필립스가 이 집에서 일을 시작한 후 처음으로 말을 더듬었다.

"아무나 데려와. 술 취하지 않은 사람이면 좋겠지. 어느 정도는 깨끗해도 좋을 테고. 그거면 되네."

카슨 차머스가 칼리프 노릇을 하는 일은 흔치 않았다. 하지만 그날 밤에는 평소 우울함을 물리치기 위해 쓰던 수단들이 다 소용이 없을 것 같았다. 기분이 나아지려면 뭔가 변덕스럽고 말도 안 되는 것, 대단히 흥취가 높고 아라비아스러운 것이라야 했다.

삼십 분 후 필립스가 램프의 노예로서 임무를 다했다. 아래층 식당 웨이터들이 아주 맛있는 저녁 식사를 가져왔다. 두 사람 몫으로 차려진 저녁 식탁은 분홍색 갓을 씌운 촛불 빛을 받아 기분 좋게 빛났다.

이제 필립스는 마치 추기경을 안내하듯(혹은 절도범을 연행하듯이) 하룻밤 유숙할 곳을 구하는 탁발인들의 줄에서 떨고 있는 손님을 데려왔다.

이런 사람들을 흔히들 난파선이라고 부른다. 여기에서 그 비유를 쓰자면, 화재를 만나 망하게 된 부랑자였다. 그러나 아직까지도 표류하는 선체에서 꺼질 듯한 불꽃으로 흔들리며 빛나고 있었다. 그는 방금 막 손과 얼굴을 씻었다. 필립스가 도살당한 관습을 기리는 뜻에서 고집한 의식이었다. 그는 촛불 빛 아래 아파트의 격식 차린 장식들 속에서 하나의 오점으로 서 있었다. 그의 얼굴은 병자처럼 창백했고, 적갈색 사냥개의 털처럼 덥수룩한 수염이 거의 눈까지 덮었다. 필립스가 빗질을 했어도 오래 떡져서 낡을 대로 낡은 모자 윤곽대로 착 달라붙은 연갈색 머리를 정리하지는 못했다. 그의 눈에는 괴롭히는 사람들에게 쫓겨 구석까지 몰린 똥개한테서 볼 수 있는 무기력하면서도 교활한 반항기가 가득했다. 초라한 외투는 끝까지 단추를 채웠지만 옷깃이 그 위로 삐져나와 있었다. 차머스가 둥근 식탁 맞은편 의자에서 일어났을 때, 특이하게도 그의 태도에는 전혀 당황하는 빛이 없었다.

집주인이 말했다. "괜찮으시다면 저와 만찬을 함께해주시면 좋겠습니다."

"내 이름은 플러머요." 길거리에서 온 손님이 거칠고 공격적인 어조로 말했다. "함께 식사할 상대의 이름 정도는 알고 싶지 않을까요."

차머스가 황급히 말했다. "물으려던 참이었습니다. 제 이름은 차머스입니다. 맞은편에 앉으시겠습니까?"

깃털이 흐트러진 플러머는 필립스에게 무릎을 굽혀 인사하고 뒤에서 밀어 넣어주는 의자에 앉았다. 전에 이런 시중을 받아본 적이 있는 듯한 태도였다. 필립스가 앤초비와 올리브를 상에 놓았다.

플러머가 외쳤다. "좋군요! 코스 요리를 먹게 되다니 말입니다. 자, 나의 쾌활한 바그다드의 지배자여. 식사가 끝나고 이쑤시개가 나올 때까지 죽 제가 당신의 셰에라자드입니다. 당신은 서리 내린 후로 제가 처음 뵙는 진정한 동양의 흥취를 지닌 칼리프입니다. 이게 웬 떡이람! 저는 줄에서 마흔세 번째였지요. 막 차례를 다 헤아렸을 때 당신의 사절이 와서 저를 연회에 불러준 겁니다. 제가 오늘 밤에 잠자리를 얻을 확률은 다음 대통령이 될 확률 정도였습니다. 제 슬픈 인생사를 어떻게 들려드릴까요, 알라시드 님. 코스마다 한 장씩, 아니면 시가와 커피를 들면서 한꺼번에?"

"이런 일이 처음이 아니신 것 같군요." 차머스가 미소를 지으며 말했다.

"예언자의 턱수염에 걸고, 그렇습니다!" 손님이 대답했다. "요즘 뉴욕에는 바그다드에 벼룩이 들끓는 것만큼이나 싸구려 하룬 알라시드가 득실거린답니다. 제 머리에 푸짐한 식사라는 총을 들이대고 제 이야기를 강탈한 것이 스무 번은 됩니다. 뉴욕에서 뭐라도 공짜로 줄 사람은 없지요! 사람들에게 호기심과 자선은 서로 딱 들어맞는 짝이거든요. 10센트와 촙수이•를 주는 사람들은 꽤 있습니다. 드물지만 최고급 등심으로 칼리프 흉내를 내는 이들도 있고요. 하지만 하나같이 주석과 부록, 미발표 조각 글까지 다 갖춘 자서전을 뽑아내려고들 한답니다. 아, 이제는 작은 옛 바그다드와도 같은 지하철에서 저에게 오는 음식을 보면 어떻게 해야 할지 압니다. 이마를 아스팔트 바닥에 세 번 부딪치고 저녁 식사 값으로 이

• 다진 고기와 야채를 볶아 밥과 함께 내는 중국요리.

야기를 풀어낼 준비를 하지요. 저는 고 토미 터커의 후예인 셈입니다. 그는 소화를 돕기 위해 목청을 뽑아 노래를 불러야 했으니까요."

차머스가 말했다. "당신에게 이야기를 들려달라는 것은 아닙니다. 솔직히 말하자면, 갑자기 변덕이 일어 저와 함께 식사를 할 낯선 사람을 불러오라고 한 겁니다. 제 호기심을 채워주려고 애쓸 필요는 없습니다."

손님이 수프를 열심히 먹으면서 소리쳤다. "오, 무슨 말씀을! 저는 전혀 개의치 않습니다. 저는 칼리프가 나타나시면 책장을 자르는 붉은 표지의 동양 잡지랍니다. 사실 저기 잠자리를 구하는 줄에 있는 우리 무리 사이에는 이런 일에 대비해 담합한 급료 같은 것이 있답니다. 항상 길을 가다가 멈춰 서서 어쩌다가 저희가 이렇게 세상 밑바닥까지 굴러떨어지게 되었는지 궁금해하는 사람이 있거든요. 샌드위치와 맥주 한 잔에는 술 때문에 이런 꼴이 되었노라고 얘기해줍니다. 콘비프와 양배추와 커피 한 잔에는 피도 눈물도 없는 집주인과 반년간의 병원 생활, 실직 이야기를 하고요. 등심스테이크와 잠자리를 구할 25센트에는 재산을 홀랑 다 날리고 서서히 망하게 된 월가의 비극에 대해 들려줍니다. 하지만 이런 진수성찬은 저도 처음 만나봅니다. 여기에 걸맞을 만한 이야기는 가진 게 없어요. 차머스 씨, 들어주시겠다면 당신에게 진실을 말씀해드리지요. 꾸며낸 이야기보다 더 믿기 어려울 겁니다."

한 시간 후 필립스가 커피와 시가를 가져오고 식탁을 치울 동안 아라비아의 손님은 만족스러운 한숨을 내쉬며 뒤로 기대앉았다.

"셰라드 플러머라고 들어보신 적 있습니까?" 그가 기묘한 미소를 지으며 물었다.

차머스가 대답했다. "기억나는군요. 화가였지요. 몇 년 전에는 꽤나 유명했던 것 같은데요."

손님이 말했다. "5년 전입니다. 그 후로는 납덩어리처럼 가라앉았습니다. 제가 셰라드 플러머입니다! 제가 마지막으로 그렸던 초상화는 2000달러에 팔렸습니다. 그 후로는 거저 그려주겠다고 해도 모델을 찾을 수가 없었어요."

"무슨 일이 있었습니까?" 차머스는 묻지 않을 수 없었다.

플러머가 우울하게 대답했다. "희한하지요. 저도 통 영문을 모르겠습니다. 한동안은 코르크처럼 둥둥 떠다녔습니다. 상류층 속으로 파고 들어가 사방에서 주문이 쏟아졌거든요. 신문들은 저를 부유층의 인기 화가라고 불렀지요. 그런데 이상한 일이 일어나기 시작했어요. 제가 그림을 완성하면 보러 온 사람들이 서로 야릇한 눈빛을 주고받으면서 속닥거리는 겁니다. 저도 곧 뭐가 문제인지 알았습니다. 저에게는 초상화의 얼굴에 원래 인물의 숨겨진 성격을 끌어내는 재주가 있었던 겁니다. 저도 제가 어떻게 그렇게 한 건지는 모르겠습니다. 저는 본 대로 그렸을 뿐인걸요. 하지만 그렇게 된 겁니다. 저에게 그림을 의뢰했던 사람 중 몇몇은 겁에 질려 화를 내면서 그림을 가져가지 않았습니다. 한번은 아주 아름답고 인기 좋은 사교계 귀부인의 초상을 그렸지요. 그림이 완성되자 그녀의 남편이 이상한 표정으로 그림을 들여다보더니 다음 주에 이혼소송을 냈답니다.

저명한 은행가가 저에게 초상화를 의뢰했던 적도 있습니다. 제 화실에 그의 초상을 전시해두었죠. 어느 날 그의 지인이 그림을 보러 왔는데 이러는 겁니다. '저런! 저 사람이 저렇게 생겼었나요?' 저는 그에게 최대한 닮게 그렸다고 말했지요. '그의 눈빛에 저런 표정이 있는지 미처 몰랐군. 시내에 들러 내 은행 계좌를 옮겨야겠소.' 그는 급히 갔습니다만, 은행 계좌는 사라졌고 은행가도 사라진 뒤였습니다.

오래지 않아 저는 일거리가 없어졌습니다. 그림에 자기들의 은밀한 비열함이 드러나는 것을 원하는 사람은 없으니까요. 미소를 짓고 얼굴을 찡그려서 속여 넘길 수 있을지 몰라도, 그림은 그럴 수가 없거든요. 더는 그림 주문이 들어오지 않았고, 저는 화가 일을 접을 수밖에 없었습니다. 한동안은 신문 삽화도 그리고 석판인쇄용 그림도 그렸지만 그 일을 할 때도 같은 문제가 생겼습니다. 사진을 보고 그림을 그려도 제 그림에서는 사진으로는 볼 수 없었던 특징과 표정이 드러난다는 겁니다. 하지만 원래 인물들에게 그런 점이 있었으리라 짐작합니다. 고객들은 노발대발했어요. 특히 여자들이 그랬습니다. 저는 화가 일을 계속할 수 없었어요. 그래서 안식을 찾아 술을 벗 삼아 지친 머리를 뉘게 된 겁니다. 그리고 곧 공짜 잠자리를 구하는 줄에 서서 음식을 나눠주는 이들을 위해 구전 소설을 들려주게 된 거고요. 진실된 이야기에 싫증이 나셨습니까, 칼리프여? 좋으시다면 월가의 재앙 쪽으로 이야기를 돌릴 수도 있습니다만, 눈물 좀 빼셔야 할 텐데요. 훌륭한 만찬 후에 그런 이야기를 해도 될지 모르겠군요."

차머스가 진지하게 말했다. "아닙니다, 아니에요. 아주 흥미로운 이야기였습니다. 당신이 그린 초상화들 전부가 불쾌한 특징들을 드러냈습니까, 아니면 당신의 기이한 붓질이 내린 시련을 거치고도 멀쩡한 경우도 있었습니까?"

플러머가 말했다. "예, 있었습니다. 대개 아이들이 그랬고요. 선량한 여성들도 많았고 남자들도 제법 있었습니다. 사람들이 다 악하지는 않습니다. 멀쩡한 사람들이라면 그림도 아무 문제가 없었어요. 말씀드렸듯이 저도 이유는 모르겠습니다만, 사실 그대로를 얘기하는 겁니다."

차머스의 책상 위에는 그가 외국에서 온 우편으로 그날 받았던 사진이 놓여 있었다. 십 분 후 그는 플러머에게 그 사진을 파스텔로 스케치해달라고 부탁했다. 한 시간 후 화가가 일어서서 지친 모습으로 기지개를 켰다.

그가 하품을 했다. "끝났습니다. 오래 걸려서 죄송합니다. 재미있는 작업이었어요. 아! 하지만 피곤하군요. 어젯밤에는 잠자리를 구하지 못했어요. 이제 작별 인사를 고해야겠습니다. 충복들의 지휘자시여!"

차머스는 그를 문가까지 따라 나가서 지폐를 몇 장 쥐여주었다.

플러머가 말했다. "오! 잘 받겠습니다. 이 돈이면 가을까지는 버티겠군요. 감사합니다. 훌륭한 저녁 식사도요. 오늘 밤은 깃털 이불에서 잠을 자면서 바그다드의 꿈을 꾸겠군요. 아침에 깨어보니 다 꿈은 아니었기를 바라야지요. 안녕히 계십시오, 훌륭하신 칼리프여!"

차머스는 또다시 양탄자 위를 안절부절못하고 왔다 갔다 했다. 그러나 파스텔 스케치가 놓인 탁자에서 최대한 멀리 떨어져서 서성거렸다. 두 번, 세 번, 가까이 가보려고 했지만 실패했다. 회갈색과 금색, 밤색이 뒤섞인 정도만 볼 수 있을 뿐 두려움이 벽처럼 그림을 에워싸 다가갈 수 없었다. 그는 의자에 앉아 마음을 진정시키려 애썼다. 그러다 벌떡 일어나 필립스를 불렀다.

그가 말했다. "이 건물에 젊은 화가가 살고 있지. 라인먼 씨라고 했던가. 그의 방이 어디인지 아나?"

"꼭대기 층 앞쪽입니다." 필립스가 대답했다.

"올라가서 잠깐만 좀 와주십사 여쭤보게나."

라인먼이 곧 왔다. 차머스가 인사를 했다.

"라인먼 씨, 저기 책상 위에 작은 파스텔 스케치가 있습니다.

예술적으로 훌륭한지 의견을 말씀해주시면 고맙겠습니다."

젊은 화가가 책상 쪽으로 가서 스케치를 집어 들었다. 차머스는 반쯤 몸을 돌리고 의자 뒤에 기댔다.

"어떻습니까?" 그가 천천히 물었다.

화가가 말했다. "그림으로서는 최고입니다. 대가의 작품인데요. 대담하고 훌륭하면서도 진실합니다. 좀 당혹스럽군요. 최근 수년간 이만큼 훌륭한 파스텔화는 본 적이 없습니다."

"그 얼굴, 그림 속의 대상에 대해서는 어떻게 보셨습니까?"

라인먼이 말했다. "그 얼굴은 천사의 얼굴입니다. 누구신지……."

"제 아내입니다!" 차머스가 몸을 돌리고 놀란 화가에게 달려들어 그의 손을 꼭 잡고 등을 두드렸다. "지금 유럽 여행 중이랍니다. 그 스케치를 가져가서 평생의 걸작으로 그려주십시오. 돈은 얼마든지 드리겠습니다."

경찰과 찬송가

매디슨 스퀘어의 벤치에서 소피는 불안한 기색으로 몸을 뒤척였다. 기러기들이 깊은 밤에 끼룩거리며 울 때, 물개 가죽 외투가 없는 여자들이 남편에게 다정해질 때, 소피가 공원 벤치에서 불안하게 몸을 뒤척일 때는 겨울이 얼마 남지 않았다는 얘기다.

소피의 무릎에 낙엽이 떨어졌다. 잭 프로스트•의 카드였다. 잭은 매디슨 스퀘어를 거처로 삼는 이들에게 친절했고, 해마다 찾아올 때면 미리 공습경보를 날려주었다. 네거리 모퉁이에서 그는 만인에게 저택의 시종인 북풍에게 카드를 보내 주민들이 준비할 수 있게 한다.

소피의 마음은 다가오는 어려운 때를 대비해 단독 구제 위

• 영국의 전승 신화에 나오는, 추위를 구현하는 서리의 요정.

원회에 자신을 맡길 때가 되었음을 깨달았다. 그래서 벤치에서 그가 불안하게 몸을 뒤척였던 것이다.

겨울을 대비하려는 소피의 야심은 별것이 아니었다. 지중해 유람선이나 졸음이 오는 남부의 하늘, 베수비오만을 한가로이 떠돌 생각 따위는 없었다. 그가 바라는 것이 있다면 그저 교도소가 있는 섬에서의 석 달이었다. 북풍과 경찰을 피해 석 달간의 보장된 숙식과 마음 맞는 벗들이면 소피에게는 더 바랄 것이 없을 듯했다.

지난 몇 년간은 쾌적한 블랙웰스섬이 그의 겨울 거처였다. 그보다 운 좋은 뉴욕 시민들이 겨울이면 팜비치나 리비에라로 가는 표를 사는 것과 마찬가지로, 소피는 해마다 섬으로 가기 위해 소박한 준비를 했다. 이제 그때가 왔다. 전날 밤 그의 외투 아래, 발목 주위, 무릎 위에 나눠 덮은 일요판 신문 세 부로는 오래된 광장의 분수 옆 벤치에서 잘 때 추위를 막지 못했다. 그러니 섬이 소피의 마음속에 점점 크게 아른거릴 때가 되었다. 그는 도시의 기생충들을 위한 자선이라는 명목으로 제공되는 것들을 경멸했다. 소피가 보기에 법이 박애주의보다 자비로웠다. 소박한 생활에 어울리는 숙식을 제공받을 만한 시와 자선 기관들은 셀 수도 없이 많았다. 하지만 소피의 자존심에는 자선이 맞지 않았다. 동전 한 푼 없는 신세라면 자선의 손길에서 받는 혜택 하나하나에 영혼의 굴욕을 대가로 지불해야 했다. 카이사르에게 브루투스가 있었다면,

자선 기관의 침상에 누우려면 목욕을 해야만 하고, 빵 한 덩이를 받으려면 온갖 개인적이고 은밀한 것까지 꼬치꼬치 캐묻는 심문을 거쳐야 한다. 그러니 규칙을 따라야 한다 해도 신사의 개인사에 지나치게 간섭하지 않는 법의 손님이 되는 편이 더 나았다.

블랙웰스섬으로 가기로 결심한 소피는 즉시 원하는 것을 얻기 위한 행동을 개시했다. 목표를 달성하는 데에는 쉬운 방법이 많이 있었다. 그중 가장 유쾌한 방법은 비싼 식당에서 호사스러운 식사를 하는 것이다. 다 먹고 나서 밥값을 낼 돈이 없다고 말하면 큰 소란 없이 조용히 경찰에게 인계된다. 협조적인 치안판사가 나머지는 다 알아서 해줄 것이다.

소피는 벤치에서 일어나 어슬렁거리며 광장을 나와 아스팔트 길을 건넜다. 브로드웨이와 5번가가 만나는 곳이었다. 그는 브로드웨이로 발길을 돌려 근사한 카페 앞에서 멈추었다. 최고의 포도주와 비단옷을 걸친 사람들이 밤마다 모이는 곳이었다.

소피는 조끼 제일 아래쪽 단추부터 위쪽까지는 자기 모습에 자신이 있었다. 면도를 했고, 외투도 봐줄 만했으며 추수감사절에 선교하는 부인이 선물해준 Y 자 모양으로 매듭진 검은색 넥타이도 단정하게 맸다. 식당 테이블까지 도달할 수만 있다면 성공은 따놓은 당상이다. 테이블 위로 보이는 상반신만큼은 웨이터의 마음에 한 점 의심도 불러일으키지 않을 것이다. 소피는 청둥오리 구이 생각이 간절했다. 그리고 샤블리• 한 병을 마신 다음 카망베르 치즈, 커피 한 잔에 시가 한 대를 피우는 거다. 시가는 1달러짜리면 충분할 듯하다. 이 정도면 다 합해도 카페 주인에게 호되게 보복을 당할 액수는 아닐 것이다. 고기 요리면 겨울 피난처로의 여행을 배부르고 행복하게 떠날 수 있을 것이다.

그러나 소피가 식당 문 안쪽에 발을 들여놓는 순간, 급사장의 눈이 밑단이 다 해진 그의 바지와 헐어빠진 구두로 향했다. 억센 손길이 가차 없이 그를 돌려세워 말 한마디도 없이 곧바로 보도로 내쳤고, 위험에 처했던 청둥오리의 운명은 고비를 넘겼다.

소피는 브로드웨이를 벗어났다. 탐식으로 고대하는 섬에 가기는 어려울 듯했다. 거기로 들어갈 뭔가 다른 방법을 생각해내야 했다.

6번가 모퉁이에 판유리 뒤로 전깃불 조명을 밝히고 상품들을 멋지게 진열한 한 상점 진열창이 눈에 확 띄었다. 소피는 돌멩이 하나를 주워 냅다 그 진열창을 향해 던졌다. 소피는 호주머니에 손을 찌른 채 그 자리에 그대로 버티고 서서 경찰의 청동단추가 보이자 미소를 지었다.

경찰이 물었다. "이런 짓을 한 놈은 어디 있죠?"

• 프랑스산 백포도주.

"내가 바로 그런 짓을 했을 거라고는 생각지 않습니까?" 소피는 빈정거리는 투가 없지는 않지만 다가오는 행운을 맞이할 기대를 하며 사근사근하게 말했다.

경찰은 소피의 말을 들은 척도 하지 않았다. 유리창을 박살 낸 사람이 법의 수행자와 교섭을 하려고 남아 있지는 않을 것이다. 도망갈 것이 당연하다. 약간 떨어진 곳에서 차를 잡으려고 뛰어가는 사람이 경찰의 눈에 들어왔다. 경찰은 곤봉을 들고 그 남자를 쫓아갔다. 소피는 두 번이나 실패하고 기분이 상해서 주변을 어슬렁거렸다.

길 건너편에 웬만한 손님은 받아줄 듯한 식당이 하나 보였다. 비싸지 않은 가격에 푸짐하게 잘 나오는 곳이었다. 식기나 분위기가 아주 좋은 곳은 아니었다. 수프는 묽고 테이블보는 얇았다. 소피는 헐어빠진 신발과 눈에 확 띄는 바지로도 별문제 없이 그곳으로 입장했다. 그는 테이블에 앉아 비프스테이크, 핫케이크, 도넛, 파이를 먹어치웠다. 그런 다음 웨이터에게 땡전 한 푼 구경도 못 한 신세라고 털어놓았다.

소피가 말했다. "자, 어서 경찰을 부르세요. 신사를 기다리게 하면 안 되지."

웨이터가 맨해튼 칵테일 속의 체리 같은 눈을 하고 버터케이크 같은 목소리로 대꾸했다. "네놈은 경찰을 부를 것도 없어. 이런 사기꾼 놈아!"

두 웨이터는 차가운 보도 위로 그를 내동댕이쳤다. 그는 목

수가 자를 펴듯이 관절 하나하나를 펼쳐가며 힘겹게 몸을 일으키고 옷에 묻은 흙을 털어냈다. 체포되는 것이 장밋빛 꿈만 같았다. 섬은 너무 멀어 보였다. 상점 두 개 건너 약국 앞에 선 경찰이 웃음을 터뜨리고는 가버렸다.

소피는 다섯 블록을 지나서야 다시 체포해달라고 호소해볼 용기를 모았다. 이번에야말로 손쉽게 해치울 기회가 왔다. 튀지 않으면서도 보기 좋게 잘 차려입은 젊은 여자 한 명이 진열창 앞에 서서 면도용 컵과 잉크스탠드를 관심 어린 눈으로 들여다보고 있었다. 조금 떨어진 곳에 깐깐해 뵈는 덩치 큰 경찰이 소화전에 기대서 있었다.

소피의 계획은 비열하고 혐오스러운 '난봉꾼'인 척하자는 것이었다. 희생자는 세련되고 우아한 외모를 갖추었고 성실히 직무를 수행할 경찰이 근처에 있으니 곧 멋진 섬의 겨울 거처를 보장해줄 경찰의 손이 기분 좋게 자신의 팔을 움켜잡는 것을 느끼게 될 것이라 믿었다.

소피는 선교사 부인이 준 넥타이를 잘 펴고, 말려 들어간 소매 끝단을 재킷 밖으로 끄집어내고, 모자를 비스듬히 눌러 쓰고 젊은 여성에게 슬금슬금 다가갔다. 그녀에게 끈적한 시선을 던지며 짐짓 헛기침을 하고 히죽거리면서 뻰뻰스럽게 '난봉꾼'이 흔히 하는 무례하고 경멸스러운 말들을 늘어놓았다. 소피는 곁눈질로 경찰이 자기를 쏘아보고 있음을 알았다. 젊은 여성은 몇 걸음 그에게서 옮겨 가서 다시 면도용 컵에만 관심을 쏟았다. 소피가 뒤따라가 대담하게 옆에 붙어 서서 모자를 들어 올리고 이렇게 말했다.

"자기, 베델리아! 우리 동네 가서 나랑 놀지 않겠어?"

경찰은 여전히 주시하고 있었다. 시달림을 받는 여자가 손가락 하나만 까딱하면 소피는 바로 섬의 안식처행이 될 것이다. 벌써 경찰서의 아늑한 온기가 느껴지는 듯했다. 젊은 여성이 그를 쳐다보더니 손을 내밀어 소피의 외투 소매를 잡았다.

여자가 기쁜 투로 말했다. "물론이죠, 마이크. 맥주 한 잔만 사준다면요. 안 그래도 당신한테 말을 붙이고 싶었는데 경찰이 보고 있어서요."

참나무에 달라붙은 담쟁이같이 찰싹 달라붙는 여자와 함께 소피는 암담한 심정으로 경찰관 옆을 지나쳤다. 그는 자유의 몸으로 남을 저주에 걸린 것 같았다.

다음 모퉁이에서 그는 동행을 떨구고 도망쳤다. 그는 밤이면 가장 불빛이 휘황하고, 사랑과 서약과 노랫소리가 넘치는 곳에서 발을 멈추었다. 모피를 두른 여자들과 멋진 외투를 입은 남자들이 겨울 공기 속을 활기차게 오갔다. 소피는 뭔가 무시무시한 마법에라도 걸려서 무슨 짓을 해도 체포되지 않는 게 아닐까 싶은 두려움에 갑자기 사로잡혔다. 그 생각에 약간 공포가 일었다. 그는 휘황찬란하게 빛나는 극장 앞에서 당당히 서 있는 경찰을 마주치자 지푸라기라도 잡는 심정으로 '무질서한 행동'을 해보기로 했다.

보도 위에서 소피는 목청을 한껏 돋워 술 취한 사람처럼 주정하기 시작했다. 춤을 추고, 악을 쓰며 고래고래 소리를 지르는 등 소란을 피웠다.

경찰은 곤봉을 빙빙 돌리면서 소피에게 등을 돌리고 한 시민에게 이렇게 말했다. "예일대생인가봅니다. 하트퍼드 대학을 이겨서 축하하는 걸 거예요. 시끄럽지만 해가 되지는 않지요. 그냥 놔두라는 지시를 받았답니다."

낙담한 소피는 소득 없는 소란 떨기를 그만두었다. 경찰이 그를 붙잡지 않을 건가? 그의 상상 속에서 섬은 닿을 수 없는 낙원 같았다. 그는 찬바람에 얇은 외투 단추를 채웠다.

담배 가게에서 잘 차려입은 신사가 담배에 불을 붙이는 모습을 보았다. 신사는 입구 옆에 비단 우산을 세워놓았다. 소피는 안으로 들어가 우산을 들고 천천히 걸어 나왔다. 담뱃불을 붙이던 남자가 황급히 그를 뒤쫓아 왔다.

"제 우산인데요." 그가 딱딱한 어조로 말했다.

"오, 그러셔?" 소피는 좀도둑질에 모욕까지 더했다. "아, 그럼 경찰을 부르시지? 내가 가져갔어. 당신 우산이라고! 경찰을 부르면 될 거 아니야? 마침 저 모퉁이에 경찰이 있군."

우산 주인의 발걸음이 느려졌다. 소피는 행운이 또다시 자기를 비껴갈 듯한 예감이 들었다. 경찰이 둘을 의심스러운 눈길로 보고 있었다.

우산 주인이 말했다. "저기, 오해가 있었나봅니다. 당신

우산이라면 미안하게 됐어요. 오늘 아침 식당에서 주웠는데…… 당신 것이라면, 저, 그러니까…….”

“당연히 내 것이고말고.” 소피는 심술궂게 쏘아붙였다.

전 우산 주인은 물러갔다. 경찰은 두 블록 떨어진 곳에서 전철이 다가오는데도 오페라용 외투를 입은 키 큰 금발 여성이 건너려 하자 도와주러 급히 달려갔다.

소피는 수리를 하느라고 파헤쳐놓은 거리를 따라 동쪽으로 걸어갔다. 그는 거칠게 우산을 구덩이 속에 던졌다. 그는 헬멧을 쓰고 곤봉을 든 경찰들을 향해 투덜거렸다. 그가 간절히 체포되기를 원하니까 그를 무슨 짓을 해도 죄가 되지 않는 왕으로 대해주는 듯했다.

드디어 소피는 한적하고 조용한 동쪽으로 이어지는 대로까지 왔다. 그는 고개를 푹 숙이고 매디슨 스퀘어 쪽으로 향했다. 공원 벤치를 집으로 삼으면서 되살아난 귀소본능 탓이었다.

그러나 소피는 유달리 조용한 모퉁이에서 발을 멈추었다. 거기에는 박공지붕에 담쟁이넝쿨이 덮인 예스러운 낡은 교회가 있었다. 자주색 유리창으로 부드러운 빛이 새어 나왔다. 오르간 연주자가 다가올 안식일 성가를 연습하는지 건반을 두드리고 있었다. 소피는 귀에 감미로운 음악이 들려오자 그 음악에 홀려 얼어붙은 듯 쇠울타리에 기대섰다.

고요한 분위기에서 달빛이 교교히 빛났다. 차량과 통행인도 거의 없었다. 참새가 처마에서 졸린 듯 지저귀었다. 오르간 연주자가 연주하는 성가에 소피는 쇠울타리 옆에서 발을 떼지 못했다. 그의 삶에 어머니와 장미와 야심과 친구들과 순결한 생각과 깨끗한 옷깃 같은 것들이 아직 있던 시절 잘 알던 곳이었다.

소피의 열려 있던 정신 상태에 낡은 교회의 영향력이 합쳐지면서 그의 영혼에 갑작스럽고도 놀라운 변화가 일어났다. 그는 공포에 질려 자신이 굴러떨어졌던 구덩이, 자신의 존재를 이룬 타락했던 나날, 무가치한 욕망, 죽어버린 희망, 망가진 능력, 천박한 동기들을 생각했다.

또한 그의 마음은 이 새로운 분위기에 황홀하게 반응했다. 자신의 절망적인 운명과 싸우겠다는 강한 충동이 확 일어났다. 그는 이 수렁에서 빠져나가겠다고 다짐했다. 자신을 사로잡았던 악을 정복하고 말 것이다. 아직은 시간이 있었다. 그는 아직 젊은 편이었다. 오래전의 야심을 되살려 흔들림 없이 추구할 것이다. 엄숙하면서도 달콤한 오르간 음이 그를 완전히 딴사람으로 바꾸어놓았다. 내일 번잡한 시내로 가서 일자리를 구할 것이다. 언젠가 모피 수입업자가 그에게 운전사 자리를 제안한 적이 있었다. 내일 그를 찾아가 자리를 달라고 해봐야겠다. 세상에 쓸모 있는 사람이 되어야겠다. 그리고…….

소피는 누군가가 자기 팔을 잡는 것을 느꼈다. 재빨리 돌아보니 경찰의 넓적한 얼굴이 보였다.

“여기서 뭐 하는 거지?” 경찰이 물었다.

“아무 짓도 안 했는데요.” 소피가 대답했다.

“같이 좀 가지.” 경찰이 말했다.

“섬에서 3개월 형.” 다음 날 아침 즉결심판소에서 치안판사의 말이었다.

카페의 세계주의자

자정에도 카페는 붐볐다. 나는 어찌어찌 들어오는 이들의 눈이 닿지 않는 작은 테이블에 앉았다. 빈 의자 두 개가 밀려들어오는 손님들에게 어서 오라고 맞아주듯 팔을 내뻗고 있었다.

그때 한 세계주의자가 의자에 앉았다. 나는 아담 이후로 진정한 세계시민은 존재한 적이 없었다는 이론을 고수하는 사람이라 반가웠다. 우리는 세계주의자에 대한 이야기를 듣고, 많은 수하물에 붙은 외국 라벨을 보기도 하지만, 알고 보면 그런 사람들은 세계주의자가 아니라 여행객일 뿐이다.

그 장면을 머리에 떠올려주기 바란다. 대리석 상판의 테이블, 벽에 붙인 가죽 씌운 의자, 흥겨운 일행들, 취향, 경제력, 부, 예술을 과시하며 대화 중인 숙녀들, 열심히 일하며 팁에 환장하는 웨이터들, 여러 작곡가를 망라해서 누구의 취향에

나 잘 맞는 음악, 뒤섞여 들려오는 대화와 웃음소리……. 잘 익은 체리가 어치의 부리 쪽을 향해 가지에서 흔들리듯 키 큰 잔에 담긴 뷔르츠부르크산 포도주가 당신의 입술로 흘러 들어간다. 모치 청크 출신 조각가에게서 이 장면이야말로 진짜 파리의 분위기라고 들었다.

나의 세계주의자의 이름은 E. 러시모어 코글런으로, 다음 여름부터는 코니아일랜드에서 그의 이름을 듣게 될 것이다. 그는 거기에 새로운 '놀이 기구'를 들여서 최고의 오락을 제공할 거라고 나에게 말해주었다. 그러고는 경도와 위도를 따라 이리저리 대화 주제를 옮겼다. 그는 한 손에 커다랗고 둥근 세계를 경멸하듯 익숙하게 들었다. 세계가 식당 정식에 나오는 자몽 속의 마라스키노 버찌 씨 정도 크기에 불과하다는 식이었다. 그는 무시하는 투로 적도에 대해 이야기하고, 이 대륙 저 대륙으로 건너뛰었으며, 지역들을 무시하고, 냅킨으로 대양을 훔쳤다. 손을 휘저으며 하이데라바드의 시장 이야기를 했다. 훅! 라플란드에서 당신에게 스키를 태워준다. 쉭! 이제 케알라이카히키섬에서 카나카족과 함께 큰 파도를 탄다. 짠! 당신을 아칸소주의 미국산 떡갈나무가 있는 습지로 끌고 갔다가 잠시 아이다호 목장의 알칼리성 평원에서 몸을 말리게 해준 다음, 빈 대공들의 사교계로 끌어들인다. 곧 그는 당신에게 시카고 호수의 산들바람에 감기 걸린 일과 늙은 에스카밀라가 부에노스아이레스에서 뜨거운 추출라 약초 달인 물로 감기를 치료해주었던 이야기를 들려준다. "우주, 태양계, 지구, E. 러시모어 코글런 귀하" 앞으로 편지를 보내면 그에게 전해질 거라고 믿어도 좋다.

나는 아담 이래 진정한 세계주의자를 드디어 발견했다고 믿고, 전 세계를 누비는 그의 여행담에서 단순한 여행자의 지역색이 드러나지는 않을까 염려했다. 그러나 그의 견해는 결코 가볍게 흔들리거나 축 처지는 법이 없었다. 그는 바람이나 중력처럼 어느 도시, 나라, 대륙에나 공정했다.

그리고 E. 러시모어 코글런이 이 작은 행성에 대해 수다를 떠는 사이, 나는 전 세계를 위해서 글을 쓰고 봄베이에 헌신한 위대한 세계주의자라 해도 좋을 인물을 기쁜 마음으로 생각했다. 어느 시에서인가 그는 지구의 각 도시 사이에는 자부심과 경쟁심이 있고, "한 도시에서 자란 사람들은 아무리 여기저기 떠돌아다니더라도 어머니의 치맛자락을 붙잡은 어린아이처럼 자기 도시를 놓지 못한다"라고 말했다. 그리고 "미지의 소란스러운 거리들"을 걸을 때마다 자신의 도시를 "가장 충실하고, 어리석고, 다정한" 모습으로 기억하고, "그 도시의 이름만으로도 끊지 못할 유대 관계를 맺게" 된다는 것이었다. 나는 키플링의 흠을 찾아내서 더욱 기뻤다. 여기에서 나는 흙에서 만들어지지 않은 사람을 찾아냈다. 자기가 태어난 곳이나 나라만을 자랑삼는 편협함이 없는 사람, 자랑을 한다면 화성인이나 달의 주민에 맞서 자신의 행성 전체를 자랑할 그런 사람 말이다.

우리 테이블의 세 번째 구석에서 흘러나오는 음악 소리가 E. 러시모어 코글런 씨가 펼치는 이런 주제에 대한 견해를 더욱 부채질했다. 코글런이 나에게 시베리아 철도를 따라 펼쳐진 지형을 묘사하고 있을 때, 오케스트라가 메들리를 연주하기 시작했다. 마지막 곡은 〈딕시〉였다. 신나는 음이 쏟아져 나오자 거의 모든 테이블에서 들려오는 요란한 박수 소리에 연주가 묻혀버리다시피 했다.

이 주목할 만한 장면은 뉴욕시의 수많은 카페에서 매일 저녁 목격할 수 있다고 한 문단을 할애해서 말해두어야겠다. 이를 설명하려는 이론들을 놓고 수많은 맥주가 소비되었다. 어떤 이들은 도시의 남부 출신들이 모두 해 질 녘이면 카페로 서둘러 몰려들기 때문이라고 성급하게 추측했다. 북부 도시에서 이런 '반항적인' 박수갈채가 무슨 의미인지 좀 혼란스럽다. 하지만 어느 정도는 해명할 수 있다. 스페인과의 전쟁, 수년간의 박하와 수박 풍작, 뉴올리언스 경마장에서 몇몇 승산 없는 말들이 예상을 깨고 거둔 승리, 노스캐롤라이나 사교계를 구성하는 인디애나와 캔자스 시민들이 주최한 화려한 연회들 덕분에 남부가 맨해튼에서 다소간 '유행'이 되었다. 손톱 관리사가 당신의 왼쪽 집게손가락을 보니 버지니아주 리치먼드의 한 신사가 생각난다고 부드럽게 소곤거릴 것이다. 아, 물론 그렇다. 하지만 많은 숙녀가 이제는 일을 해야 한다……. 알다시피 전쟁 때문에.

〈딕시〉가 연주될 동안 검은 머리의 젊은이가 어딘가에서 모즈비 게릴라처럼 고함을 지르며 벌떡 일어나 모자를 미친 듯이 흔들었다. 그러고는 담배 연기를 뚫고 나와 우리 테이블의 빈 의자에 털썩 앉아서 담배를 뽑았다.

저녁은 수줍음이 누그러지는 시간이다. 우리 중 한 명이 웨이터에게 뷔르츠부르크 포도주를 석 잔 주문했다. 검은 머리의 젊은이가 미소와 고갯짓으로 주문에 자기 것도 포함되었음을 인정했다. 나는 내 이론을 시험해보고 싶은 마음에 거두절미하고 그에게 질문을 던졌다.

"한 가지 좀 물어봐도 될까요? 어디……."

E. 러시모어 코글런이 테이블을 주먹으로 쾅 내리치는 바람에 나는 입을 다물었다.

그가 말했다. "미안하지만 그따위 질문은 절대 듣고 싶지 않아요. 어디 출신인지가 뭐가 중요해요? 우편 주소로 사람을 판단한다는 게 말이나 됩니까? 위스키를 싫어하는 켄터키 사람도 봤고, 포카혼타스의 후예가 아닌 버지니아 사람, 소설을 쓴 적 없는 인디애나 사람, 솔기에 은화를 꿰맨 벨벳 바지를 입지 않은 멕시코인, 웃기는 영국인, 돈을 펑펑 쓰는 양키, 냉혈한 남부인, 속 좁은 서부인, 너무 바빠서 한쪽 팔이 없는 잡화상 점원이 크랜베리를 종이봉투에 포장하는 것을 거리에 한 시간 동안 서서 구경할 틈도 없는 뉴욕 사람도 봤어요.

그냥 그 사람을 있는 그대로 봐야지 어디 출신이라고 딱지를 붙이면 안 된단 말이에요."

내가 말했다. "죄송합니다. 하지만 그런 한가한 호기심에서 한 질문이 아니에요. 저도 남부를 압니다. 밴드가 〈딕시〉를 연주할 때 관찰하기를 좋아해요. 그 곡에 유난히 격하게 환호하고 눈에 띄게 남부 지역에 대한 충성심을 드러내는 사람은 예외 없이 시코커스 원주민이거나 이 도시의 머리 힐 라이시엄과 할렘강 사이 구역 사람이더란 말입니다. 이 신사분께 내 의견이 맞나 시험해보려던 참인데 당신이 더 큰 이론을 가지고 끼어들었군요."

그러자 검은 머리의 젊은이가 나에게 말했다. 그의 마음도 자기 나름의 생각하는 방식을 따라 움직이는 것이 틀림없었다.

그가 애매한 투로 말했다. "전 산꼭대기의 페리윙클이 되어 신나게 노래나 불렀으면 좋겠어요."

무슨 소리인지 당최 알 수가 없어서 나는 다시 코글런 쪽으로 몸을 돌렸다.

그가 말했다. "나는 전 세계를 열두 번이나 돌았지요. 우페르나비크에서 신시내티까지 사람을 보내 넥타이를 가져오게 하는 에스키모인도 알고, 배틀크리크시에서 아침 식사 퍼즐 대회 상을 탄 우루과이 염소 치기도 보았어요. 이집트 카이로에 방 하나를 빌린 적이 있고, 요코하마에서도 1년 내내 방 하나를 빌렸었소. 상하이 찻집에 나를 기다리는 슬리퍼가 있고, 리우데자네이루나 시애틀에서 내 달걀 요리를 어떻게 만들어야 할지 말해주지 않아도 돼요. 참으로 작은 세상이라니까. 고향이 북부니 남부니, 계곡의 옛 저택이니 유클리드, 클리블랜드, 아니면 파이크스 피크니 페어팩스 카운티니, 버지니아니 훌리건스 플랫이니 자랑해봤자 다 무슨 소용이 있어요? 어쩌다보니 우연히 거기에서 태어난 것뿐인데, 그 이유 하나로 곰팡이 핀 읍내나 습지대 4만 제곱미터를 가지고 이러니저러니 하는 건 집어치우는 게 낫지."

내가 감탄조로 말했다. "당신이야말로 진짜 세계주의자 같군요. 하지만 애국심을 매도하는 것처럼 들립니다."

코글런이 열띤 어조로 힘주어 말했다. "그건 석기시대의 유물이에요. 중국인이건 영국인이건 줄루족이건 파타고니아인이건 코강 굽이에 사는 주민이건 우리는 모두 형제들이라고. 언젠가는 자기 도시니 주니 지역이니 나라니 그런 데 대한 이딴 시시한 자부심 따위도 깨끗이 사라지게 될 거고, 우리는 세계시민이 될 거요. 마땅히 그렇게 되어야지."

나도 내 주장을 내세웠다. "하지만 외국 곳곳을 헤매고 다닐 동안에도 당신의 생각들이 어딘가로 되돌아가지 않나요. 정들고……."

E. R. 코글런이 무시하듯이 말을 끊었다. "그런 곳은 단 하나도 없어요. 이 양극이 살짝 평평한, 지구라고 부르는 둥근 땅덩어리가 내 집이라오. 해외에서도 자기 나라에 얽매인 시

민들을 많이 만나보았지. 시카고 출신이라는 사람들이 달빛 아래 베네치아의 곤돌라에 앉아 자기네 도시의 배수로를 자랑하는 걸 보았어요. 영국 왕에게 소개된 남부인이 눈 하나 깜짝 않고 외가 쪽의 종조모가 결혼으로 찰스턴의 퍼킨스가와 연을 맺었다는 얘기를 군주에게 하는 것도 보았다오. 아프가니스탄 도적들에게 몸값 때문에 납치당한 뉴욕 사람도 알지요. 그의 친척들이 돈을 보내서 대리인과 함께 카불로 돌아왔답니다. '아프가니스탄이라고? 이 정도면 그리 오래 걸리지는 않았지요?' 원주민들이 통역을 통해 그에게 말했지요. 그랬더니 그자는 '아, 모르겠어요' 이렇게 대답하고 그들에게 6번가와 브로드웨이의 택시 운전기사에 대해 이야기를 시작하더군요. 그런 생각들은 영 마음에 들지 않는다고요. 나는 직경 1만 2000킬로미터가 못 되는 것이라면 그 어떤 것에도 매여 있지 않아요. 나를 지구의 시민, E. 러시모어 코글런이라고만 기억해주세요."

나의 세계주의자는 거창하게 작별 인사를 하고 자리를 떴다. 담배 연기와 담소를 나누는 사람들 속에서 누군가 아는 얼굴을 발견한 모양이었다. 그래서 나는 페리윙클이 되겠다는 작자와 둘이 남았다. 그는 포도주에 취해서 골짜기 꼭대기에 앉아 노래를 부를 마음도 없어져버렸다.

나는 앉아서 어느 모로 보나 확실한 나의 세계주의자를 생각하며 어떻게 시인이 저런 사람을 놓칠 수 있었을까 의아해했다. 그는 내가 발견한 존재였고 나는 그를 믿었다. 어쩌면 저럴까? "한 도시에서 자란 사람들은 아무리 여기저기 떠돌아다녀도 어머니의 치맛자락을 붙잡은 어린아이처럼 자기 도시를 놓지 못한다."

E. 러시모어 코글런은 그러지 않았다. 전 세계가 그에게는…….

카페 다른 쪽에서 시끄러운 소음과 소란이 들려와 상념에 빠져 있던 나를 깨웠다. 앉아 있는 손님들의 머리 위로 E. 러시모어 코글런이 웬 낯선 사람과 격하게 싸우는 모습이 보였다. 그들은 테이블을 사이에 두고 티탄처럼 싸우고 있었다. 유리잔들이 깨지고 사람들이 모자를 들고 일어나려다 걸려서 넘어졌으며 갈색 머리 아가씨가 비명을 질렀다. 금발 아가씨는 노래를 부르기 시작했다.

웨이터들이 두 싸움꾼을 유명한 V 자형 대형으로 에워싸고 안 나가려고 버텨도 밖으로 내몰 동안에도 나의 세계주의자는 지구에 대한 자부심과 찬양을 잃지 않았다.

나는 프랑스인 웨이터인 매카시를 불러 왜 싸우느냐고 물었다.

웨이터가 대답했다. "붉은 타이를 맨 남자(나의 세계주의자였다)가 상대방이 자기 고향의 보도랑 물 공급 얘기를 했다고 화가 났어요."

나는 당황했다. "흠, 그 사람은 세계의 시민, 세계주의자야.

그는…….”

“메인주 마타왐케그 출신이래요. 고향을 헐뜯으면 절대로 안 참을 사람이에요.”

식탁 위의 큐피드

그 화제를 놓고 다양한 의견이 오간 뒤 제프 피터스가 말했다. "여자들의 성향이란 늘 엉뚱한 데로 흐르곤 한다니까. 나한테 없는 것만 원해. 꼭 구하기 어려울 때 더 원한단 말이지. 결코 일어난 적 없는 일들의 기념품을 갖고 싶어 한다고. 들어본 적도 없는 것들을 떠올리고. 뭔가를 한쪽만 보는 것은 여자들의 성향에는 맞질 않아."

제프는 식품점 난로에 올려놓은 자기 발 쪽을 생각에 잠긴 눈으로 쳐다보며 말을 이었다. "보통 사람들보다 어떤 주제는 더 깊이 들여다보는 게 내 병통이야. 타고난 기질에다 여행을 많이 한 탓이지. 난 미국의 거의 모든 마을에서 석유 연기를 들이마시며 거리의 사람들과 이야기를 나눠봤다고. 음악, 웅변, 날랜 손재주, 말주변으로 사람들의 혼을 쏙 빼서 보석이며 약, 비누, 발모제, 그 밖에 온갖 잡동사니를 팔았다네. 재미도 보고 속죄도 할 겸 여행을 다니면서 여자들을 좀 알게 되었지. 여자 한 명에 대해서만 다 알려고 해도 평생이 걸리는 법이야. 하지만 호기심을 갖고 열심히 한 10년쯤 파면 여성에 대해 기본적인 것은 얼추 알게 되는 셈이지. 돌비의 폭발 방지 램프 오일 파우더를 가지고 사바나에서 목화지대까지 막 여행을 하고 나서, 브라질의 다이아몬드와 특허받은 점화기를 가지고 서부에서 일하던 시절에 한 가지 교훈을 배웠다네. 오클라호마 지역이 막 뜨기 시작할 때였어. 거스리는 스스로 부풀어 오르는 반죽 덩어리처럼 거기 한가운데에서 솟아올랐어. 흔히 볼 수 있는 신흥도시였지. 줄을 서야 겨우 세수라도 할 수 있었어. 밥을 십 분 넘게 먹으면 하숙비가 추가되었지. 밤에 판자를 하나 깔고 잤는데, 다음 날 아침에 보면 숙박비가 청구되어 있었어.

나는 내 기질도 그렇고 원칙도 그렇고, 밥 먹을 곳만큼은 아주 좋은 곳을 찾아내는 습관이 있거든. 그래서 주위를 둘러보고 내 기대에 딱 맞는 곳을 찾아냈지. 호황을 타고 흘러 들어와 이제 막 문을 연 천막 식당이었어. 가건물을 대충 급조해놓고 살면서 요리를 하고, 천막에서 식사를 했지. 그 천막은 죄 많은 하숙집과 호텔로부터 세상에 지친 순례자들을 구원해줄 즐거운 곳이었지. 이런 현수막들이 걸려 있었어. '어머니의 손맛이 담긴 비스킷을 맛보세요', '우리 사과 덤플링• 과 하드 소스는 어때요?', '어릴 때 먹었던 핫케이크와 메이플

시럽, 딱 그 맛', '어디서도 들어보지 못한 우리 집 프라이드 치킨'. 남자의 위장을 즐겁게 해줄 글귀들이었지! 오늘 밤에는 어머니의 방황하는 아들이 여기에서 뭘 좀 먹어봐야겠다고 생각했어. 그래서 일이 그렇게 되었던 거야. 그곳에서 밥을 대어 먹기로 메임 두건과 계약을 한 거지.

두건 노인은 인디언 가죽신을 신으면 키가 180센티미터였어. 판잣집의 흔들의자에 앉아 96년의 옥수수 대흉작을 추억하며 세월을 보냈지. 두건 부인이 요리를 했어. 메임은 손님들 시중을 들었고.

메임을 보자마자 인구조사가 잘못되었다는 걸 알았지. 미국에는 여자가 단 한 명뿐이었던 거야. 설명하려면 쉽지 않아. 메임은 딱 천사 같았어. 눈도 그렇고 행동거지도 그랬다니까. 그런 여자들로 말하자면, 브루클린 브리지 서쪽에서 아이오와 카운실블러프스의 주 정부 청사까지 띠처럼 퍼져 있어. 그들은 생계를 위해 상점, 식당, 공장, 사무실에서 일하지. 이브의 직계 후손이고, 여성으로서의 권리를 가진 이들이야. 남자가 거기 대해 토를 달고 싶다면 줄을 서서 턱을 한 대 맞아도 싸. 그들은 아주 다정하고 정직하며 자유롭고 부드러우면서도 대담하지. 삶을 똑바로 마주 보는 여자들이야. 그런 이들이 남자를 마주해보니 불쌍한 것들이더란 말이지. 해변

● 밀가루 따위를 반죽해서 고기, 버섯, 새우 등의 소를 넣어 빚은 음식.

도서관에서 그가 멋진 왕자님이라는 보고서가 그리 믿음직하지 못하다는 사실을 알아낸 거지.

메임은 그런 부류의 여자였어. 생기 넘치고 재미있고 쾌활한 여자였지. 하숙인들과 윙크를 하듯 잽싸게 재담을 주고받았어. 자네 같아도 웃음을 참지 못했을 걸세. 나는 누군가의 애정을 얻으려고 애쓰는 걸 좋아하지 않아. 소위 사랑이라 하는 병이 아무리 다양하다 해봤자 칫솔만큼이나 개인적인 감정일 뿐이라는 이론을 믿거든. 마음의 전기일랑 간의 역사적 로맨스와 함께 잡지 광고 면에서나 다뤄야 한다는 것이 나의 지론이지. 그러니까 메임에 대한 내 감정의 항목별 명세서가 없다 해도 용서해주게나.

얼마 지나지 않아 나는 손님이 드문 시간에 밥을 먹으러 천막에 들르는 습관이 생겼다네. 메임은 검은 드레스에 흰 앞치마를 두르고 미소 띤 얼굴로 다가와 이렇게 말하곤 했다네. '안녕하세요, 제프. 식사 때에 맞춰 오지 그러세요? 이렇게 아무 때나 오시면 곤란해요. 프라이드치킨비프스테이크포크촙베이컨과달걀파이'…… 등등. 그녀는 나를 제프라고 불렀지만, 무슨 의미가 있는 것은 아니었어. 그냥 호칭이었을 뿐이지. 그녀는 우리 중 누구든 아는 사이가 되면 이름으로 불렀으니까. 나는 떠나기 전에 두 끼를 먹었고, 접시와 아내를 바꾸는 지역처럼 식사를 질질 끌면서 먹는 중간중간 명랑하게 농담을 주고받았어. 메임은 상냥하게 받아주었어. 식사 시간이 아닐 때 왔다는 이유만으로 자기 마음대로 돈 벌기를 거부하고 천막을 걷을 수는 없었으니까.

얼마 안 있어 에드 콜리어라는 녀석도 식사 때가 지난 시간에 와서 귀찮게 했지. 그와 나는 아침 식사와 저녁 식사 사이, 저녁 식사와 야식 사이에 다리를 놓아 천막이 내내 법석이었고, 메임은 시중드는 일을 쉬지 못했지. 그 콜리어라는 녀석은 뭔가 속에 꿍꿍이가 많은 놈이었어. 좋은 집에서 태어났든가 보험금이라도 탔든가 남의 권리를 횡령했든가 뭐가 있는 놈이었는데, 어느 쪽이었는지는 잊어버렸네. 아주 고상함이 넘치는 데다 하는 말도 들어줄 만했다네. 그래서 콜리어와 나는 그 식당 천막에서 죽치고 여러 가지 일을 하며 시간을 보냈지. 메임은 우리를 아주 공평하게 대했어. 카드를 나누어주는 카지노 직원 같달까. 한 장은 콜리어한테, 한 장은 나한테, 또 한 장은 식탁에. 자기 소매에 집어넣지는 않았지.

나와 콜리어는 자연스럽게 친구가 되었고, 밖에서도 어울리게 되었지. 꿍꿍이를 털어내니 그는 붙임성이 좋은 제법 유쾌한 친구 같았어.

'자네, 손님들이 자리를 뜬 뒤에 식당에 가는 걸 좋아하는 모양이더군.' 하루는 내가 그의 속을 떠보려고 이렇게 말했지.

'아, 그래, 사람이 너무 붐비면 정신이 없어서 말이지.' 콜리어가 대답했네.

'나도 그게 싫더라고. 자네 생각엔 그 여자, 괜찮지 않나?'

콜리어가 웃음을 터뜨렸어. '맞아. 자네 말처럼 보기에 가히 나쁜 외모는 아니더라고.'

'나는 그녀를 보면 기분이 좋아진다네. 그래서 그녀를 좋아하고 있지. 이건 경고야.'

콜리어도 인정했지. '나도 자네처럼 솔직하게 터놓겠네. 어디 한번 겨루어보지.'

그래서 콜린스와 나는 경쟁을 시작했네. 식당에 새로운 보급이 들어온 거지. 메임은 쾌활하고 친절하고 상냥하게 우리 시중을 들어주었어. 두건의 식당에서 초과근무를 하는 요리사와 큐피드와 함께하는 차분한 휴식 같았지.

9월의 어느 날 밤, 저녁 식사 후 정리도 다 끝나고서 메임과 나는 산책을 하러 갔다네. 멀리까지 걸어가서 마을 끝의 목재 더미 위에 앉았지. 놓칠 수 없는 드문 기회라서 내 얘기를 했다네. 브라질산 다이아몬드와 점화기로 벌어들이는 돈이면 둘이 행복하게 살기에 부족함이 없을 거라고 설득했지. 다이아몬드와 점화기를 다 합쳐도 누군가의 눈빛에는 비길 수 없을 것이고, 두건이라는 이름이 피터스로 바뀌어야 마땅하다고 말했지.

메임은 아무 말도 하지 않았어. 그러더니 몸을 떨었고, 나는 눈치를 챘지.

그녀가 말했어. '제프, 미안해요. 저는 다른 사람들과 마찬가지로 당신이 좋지만, 이 세상에는 제가 결혼할 만한 남자는 없어요. 앞으로도 절대 없을 거고요. 제 눈에 남자가 어떻게 비치는지 아세요? 무덤이에요. 비프스테이크포크촙베이컨과달걀을 매장하기 위한 석관이에요. 딱 그런 존재예요. 2년 동안 남자들이 먹고, 먹고, 또 먹는 것을 내내 보다보니 저에게는 남자들이 두 발 달린 되새김동물에 지나지 않는 존재로 보이게 되었어요. 식탁에서 칼과 포크, 접시를 앞에 둔, 딱 그런 존재에 지나지 않아요. 제 마음과 기억 속에 그런 식으로 박혀버렸어요. 극복하려고 해보았지만 안 되는걸요. 여자들의 애인 자랑을 들어보았지만, 저는 도통 이해가 안 되더라고요. 남자와 소시지 분쇄기와 식료품 찬장이 저한테는 똑같은 감정을 불러일으켜요. 한번은 처녀들이 열광하는 배우를 보러 공연에 간 적이 있었어요. 그런데 제 관심사는 그 배우가 스테이크 굽기 정도를 어느 정도로 하는 것을 좋아할까, 달걀 요리는 어떻게 해달라고 할까 정도더라고요. 그게 다였어요. 제프, 저는 누구와도 결혼하지 않을 거예요. 남편이 아침 식탁에 앉아서 밥을 먹고 저녁을 먹으러 돌아와 또 먹고, 야식을 또 먹고, 먹고, 먹는 꼴을 보지는 않겠어요.'

내가 이렇게 말했지. '하지만, 메임, 그런 건 괜찮아질 거예요. 그런 걸 너무 많이 봐서 그래요. 당연히 당신도 언젠가는 결혼을 할 거요. 남자들이 온종일 먹기만 하지는 않잖아요.'

'제가 보아온 바로는 그래요. 아니, 제 계획을 말씀드릴게요.' 메임은 갑자기 생기가 돌고 눈을 빛냈지. '테러호트에 수지 포스터라는 여자애가 있어요. 제 친구지요. 수지는 거기 철도 식당에서 일해요. 저도 그 마을에 있는 식당에서 2년 동안 일했어요. 수지는 저보다 더해요. 철도역에서 식사하는 남자들은 게걸스럽거든요. 우걱우걱 먹으면서 동시에 희롱을 하려고 해요. 윽! 수지랑 저는 계획을 다 세워놓았어요. 우리는 돈을 모으고 있어요. 충분히 모이면 우리가 아는 작은 집이랑 땅 2만 제곱미터를 산 뒤 같이 살면서 제비꽃을 키워 이스턴 시장에 팔 거예요. 그 목장 1킬로미터 안으로는 남자가 뭘 먹겠다고 들어오지 않는 게 좋을걸요.'

'여자들이라고 해서…….' 내가 말하려 하자 메임이 딱 잘랐다네.

'아뇨, 여자들은 안 그래요. 여자들은 가끔씩만 조금씩 오물오물 먹죠. 그뿐이에요.'

'사탕과자는…….'

'우리 다른 얘기를 하면 안 될까요?' 메임이 말했지.

전에도 말했지만, 그 경험은 나에게 여성의 방식이 기만과 환상을 좇는다는 것을 깨우쳐주었다네. 영국을 보라지. 쇠고기가 영국을 만들었어. 프랑크푸르트 소시지가 독일을 발전시켰고 말이야. 엉클 샘의 위대함은 프라이드치킨과 파이 덕이지. 그런데 젊은 아가씨들은 그걸 믿으려 하질 않는단 말이지. 셰익스피어와 루빈스타인은 받아들여. 미국 의용 기병대원은 통하지.

골치 아픈 상황이었어. 도저히 메임을 포기할 수가 없었어. 그렇다고 먹는 것을 그만둔다는 생각도 견딜 수가 없었고. 너무 일찍 그 습관을 깨쳤단 말이지. 27년을 그 치명적인 괴물, 음식의 서서히 퍼지는 유혹에 굴복해 맹목적으로 내 운명을 좇아왔는걸. 너무 늦었어. 영원히 두 발 달린 되새김동물이지. 내 인생은 바닷가재 샐러드에 도넛으로 망하게 되었다고.

나는 메임이 마음을 바꿀지도 모른다는 희망을 품고 계속 두건네 천막에서 식사를 했어. 푸짐한 한 끼 식사를 건너뛰어도 진정한 사랑이 사라지지 않듯이 머잖아 푸짐한 식사를 해도 진정한 사랑은 극복할 거라는 믿음이 있었어. 메임 앞에서 감자를 입에 퍼 넣을 때마다 나의 가장 소중한 희망을 스스로 파묻고 있다는 기분이 들기는 했어도 계속해서 나의 치명적인 악덕을 실행했지.

콜리어도 메임에게 고백을 하고 똑같은 대답을 들었던 것 같아. 하루는 그가 커피와 크래커를 주문해놓고는 응접실의 소녀처럼 조금씩 깨작거리고 있지 않겠나. 주방에는 차게 식힌 구운 고기와 튀긴 양배추가 가득한데 말이지. 나도 눈치를 채고 똑같이 했지. 우리 둘 다 바로 이거라고 생각했던 것 같아! 그다음 날에도 똑같은 짓을 했지. 두건 노인이 양손에 푸짐한 요리를 들고나오더라고.

'신사분들, 좀 먹지 그러시오?' 그가 아버지같이 자애로우면서도 비웃는 투로 말했어. '메임과 교대를 좀 해줘야겠구

면. 일이 그리 많지도 않고, 관절염도 견딜 만하니.'

그래서 나와 콜리어는 다시 식사를 양껏 했지. 그런데 그 무렵 뭐든 다 먹어치울 수 있을 것처럼 전에 없이 식욕이 동하더라고. 하도 먹으니까 메임이 내가 오는 것을 보기 싫어할 정도가 되었어. 나중에야 안 사실인데, 나는 에드 콜리어가 나한테 써먹은 최초의 어둡고 불경한 속임수의 희생자가 되고 말았던 거야. 그와 나는 주기적으로 시내에 같이 술을 마시러 가서 음식에 대한 갈망을 채웠지. 그런데 그 녀석이 바텐더 열 명쯤한테 뇌물을 주어서 내가 마시는 술잔마다 전부 애플트리 아나콘다 식욕 촉진제를 듬뿍 넣었던 거지. 하지만 그 녀석이 나한테 마지막으로 썼던 수작이야말로 절대 잊을 수 없는 것이었어.

하루는 콜리어가 천막에 나타나지 않더라고. 누군가 말하길 그날 오전에 그가 마을을 떠났다더군. 이제 나의 유일한 경쟁자는 메뉴판뿐이었어. 콜리어는 떠나기 며칠 전 나에게 켄터키에서 사촌이 보내준 것이라며 좋은 위스키 7.5리터짜리 한 통을 선물로 주었지. 이제 그 속에 애플트리 아나콘다 식욕 촉진제가 들어 있었다고 확실히 믿을 만한 이유가 생겼어. 메임의 눈에 나는 여전히 두 발 달린 동물이었고, 그 어느 때보다도 더 되새김동물에 가까웠어.

콜리어가 떠난 지 일주일쯤 지난 후, 읍내에 작은 서커스단이 와서 철길 옆에 천막을 쳤다네. 가짜 박물관이랑 기인들을 보여주는 것 같더군. 어느 날 밤 메임을 보러 갔는데, 두건 부인이 메임이 남동생인 토머스와 함께 공연을 보러 갔다는 거야. 그 주에 사흘 내내 같은 일이 벌어졌어. 토요일 밤에 돌아오는 길에 그녀와 마주쳐서 잠시 계단에 앉아 이야기를 나누었어. 왠지 전과 달라 보이더라고. 눈빛은 더 부드러워지고, 반짝반짝 빛나는 듯했어. 남자의 식탐으로부터 도망쳐 제비꽃을 키우겠다는 메임 두건이 아니라 좀 더 신이 원래 의도하신 바와 잘 맞는 메임, 사근사근하고, 브라질산 다이아몬드와 점화기 빛을 쬐기에 맞는 메임이 된 것 같았지.

내가 이렇게 말했어. '세계의 살아 있는 기인과 경이 전시회에 푹 빠지셨나봅니다.'

'기분 전환 좀 하려고요.' 메임이 말했지.

'매일 밤 가려면 다른 것도 필요할 텐데요.'

'화내지 말아요, 제프. 잠시 다른 데로 기분 돌리게 해주거든요.'

'기인들은 먹지 않나요?'

'다 먹지는 않아요. 그중 어떤 것들은 밀랍 인형이거든요.'

'너무 빠지지 않게 조심하세요.' 나는 바보 같은 말을 해버렸다네.

메임은 얼굴을 붉혔어. 그녀를 어떻게 생각하면 좋을지 모르겠더군. 어쩌면 나의 관심이 몸속으로 영양분을 집어넣어줘야 하는 남자의 끔찍한 죄를 누그러뜨렸을지 모른다는 희망이 좀 생겼네. 메임은 별들에 대해 존경심을 담아 공손하게 말했지. 나는 하나로 합해진 마음이며 진실한 애정으로 밝혀진 가정, 점화기 등에 대해 시시한 소리들을 잔뜩 늘어놓았어. 메임은 비웃는 기색 없이 귀를 기울여주었고, 나는 이런 생각을 했지. '제프, 이 녀석아, 넌 이제 음식에 집착하던 불길한 놈을 지우고 있어. 그레이비소스 그릇 속에 숨은 뱀을 눌러 죽이고 있다고.'

월요일 밤에 식당에 잠깐 들렀지. 메임은 토머스랑 전시회에 갔다고 하더라고.

내가 이렇게 말했다네. '후안무치한 아홉 메뚜기의 불운이 그와 똑같은 공연에 즉시, 영원히 내리기를, 아멘. 오늘 밤에는 직접 가서 그 공연의 사악한 매력이 뭔지 좀 찾아보고 와야겠군. 세상을 물려받도록 창조된 남자가 사랑하는 사람을 처음에는 칼과 포크에, 그다음에는 10센트짜리 서커스에 빼앗겨서야 되겠나?'

다음 날 밤 전시회가 시작되기 전에 메임이 집에 없다는 사실을 알아냈지. 그런데 그녀는 토머스와 서커스에 가지도 않았어. 저녁 먹을 시간이 나기 전에 저 나름대로 계획이 있는 토머스하고 식당 천막 밖에서 마주쳤거든.

토머스가 말했지. '비밀을 말해주면 저한테 뭘 주실 건데요, 제프?'

'비밀에 값할 만한 것을 주마.'

'누나는 기인한테 홀딱 빠졌어요. 공연에 나오는 기인 중 하나한테요. 저는 마음에 안 들어요. 근데 누나는 좋대요. 그들이 얘기하는 걸 엿들었어요. 아마 당신도 알고 싶겠지요. 제프, 2달러 주실래요? 읍내에 사격용 라이플총이 있는데…….'

나는 호주머니를 뒤져 토머스의 모자에 50센트랑 15센트짜리 동전을 있는 대로 쏟아부어주었다네. 그거야말로 핵심을 찌르는 정보였고, 잠시 그것을 놓고 머리를 굴렸지. 나는 속은 뒤집히고 고통스러우면서도 겉으로는 잔돈을 집어주고 바보같이 실실 웃으면서 아무 생각 없는 사람처럼 유쾌하게 말했지.

'고맙구나, 토머스. 고마워. 네가 말한 기인 말이다, 토머스. 자, 괜찮다면 그 기인이 어떤 녀석인지 좀 더 자세히 말해주지 않으련?'

'그 녀석은요.' 토머스는 호주머니에서 노란색 광고 전단을 끄집어내 내 코밑에 들이밀었어. '단식 최강자래요. 아마 그래서 누나가 반한 것 같아요. 아무것도 먹지 않는대요. 사십구 일간의 단식을 진행 중이래요. 이제 엿새째고요. 그런 사람이에요.'

나는 토머스가 가리킨 이름을 들여다보았다. '에두와도 콜리에리 교수.' 나는 감탄했지. '아! 제법이군. 에드 콜리어. 그런 재주는 인정하지. 하지만 네놈한테 그녀를 넘겨줘서 기인

의 부인으로 만들 수는 없어.'

나는 즉시 공연장으로 향했네. 천막 뒤쪽으로 들어갔더니 한 남자가 바닥에서 꿈틀거리면서 잽싸게 뱀처럼 기어 오다가 나와 미친 야생마처럼 부딪쳤어. 그놈의 목덜미를 움켜잡고 별빛에 잘 뜯어보았지. 바로 인간의 의복을 입고 한쪽 눈은 필사적인 표정으로, 다른 한쪽 눈은 초조함으로 가득 차 있는 에두와도 콜리에리 교수였지

'안녕하신가, 기인. 잠깐만 멈춰서 자네 꼴을 좀 보세. 보르네오섬에서 온 괴물은 어떤가, 아니면 공연계에서 욕을 먹을 이름이라면 아무거라도 좋은가?'

콜리어가 힘없이 말했어. '제프 피터스, 나를 놓아줘. 안 그러면 한 대 칠 거야. 나는 지금 아주 급해. 손 떼라고!'

'쯧쯧, 에디.' 나는 그를 꽉 잡고서 이렇게 말했지. '옛 친구가 자네의 기행을 좀 보겠다는데 그래. 하지만 공갈 폭행 얘기는 하지 말라고. 자네한테는 맞지 않으니까. 자네가 가진 최상의 것은 많은 용기와 텅 빈 위장이지.' 바로 그랬다네. 그는 채식주의 고양이처럼 허약해진 상태였어.

그가 후회하는 투로 말했네. '삼십 분만 훈련할 시간이 있고 50센티미터짜리 비프스테이크만 있다면 자네랑 몇 라운드라도 붙어볼 텐데. 음식을 먹지 않고 지내는 기술을 고안한 놈을 저주하겠네. 그의 영혼이 영원히 바닥없는 불구덩이 속에 묶여 있기를. 나는 싸움을 포기했어, 제프. 적에게로 도망

칠 거야. 자네도 두건 양이 속으로는 살아 있는 미라와 박식한 수퇘지만 생각하고 있다는 걸 알게 될 거야. 두건 양은 좋은 여자야, 제프. 내가 음식을 먹지 않고 지내는 습관을 조금만 더 오래 유지할 수 있었다면 자네를 이길 수 있었을 텐데. 단식을 하는 방법이 한동안은 최고라는 건 자네도 인정하지 않을 수 없을 거야. 내가 그 방법을 생각해냈지. 하지만, 제프, 사랑은 세상을 돌아가게 만든다고들 말하지. 내 자네한테 말하는데, 그 말이 사실로 입증되지는 않았어. 세상을 돌아가게 하는 건 저녁 식사를 알리는 뿔피리 소리야. 나는 메임 두건을 사랑해. 그녀의 감정에 맞춰주기 위해 엿새째 굶었어. 딱 한 입밖에 먹지 않았다고. 문신한 남자를 야구방망이로 때려 눕히고, 그가 먹던 샌드위치를 빼앗아 먹은 게 전부였어. 관리인은 내 월급에서 벌금을 뗐어. 하지만 내가 원하는 건 월급이 아니었어. 그 여자였지. 그녀를 위해서라면 내 목숨도 바칠 수 있지만, 비프스튜 때문에 내 불멸의 영혼이 위험에 처하게 될 거야. 굶주림이란 정말 끔찍해, 제프. 사랑과 일과 가족과 종교와 예술과 애국심도 굶주리고 있을 때는 공허한 말장난에 불과해!'

에드 콜리어는 이런 말을 나에게 애처롭게 털어놓았지. 나는 그의 애정과 소화력 사이에 쟁탈전이 벌어졌지만, 식당이 이겼다는 진단을 내렸어. 아무리 해도 에드 콜리어를 싫어할 수는 없더라고. 위안이 될 만한 말을 찾으려고 예의 있게 훈

계할 말을 속으로 생각해보았지만, 딱히 할 말이 없더군.

에드가 말했지. '이제 자네가 나를 봐주면 고맙겠네. 내가 사랑에 빠졌던 것은 맞지만, 식량 공급이 더 중요하게 됐어. 이제 시내 음식점들을 다 싹쓸이할 거야. 허리까지 차는 등심 속을 헤치고 햄과 달걀 속에서 수영을 할 거라고. 끔찍한 일이야, 제프 피터스. 한 남자가 이 지경까지 오다니. 먹을 것 때문에 사랑하는 여자를 포기하다니. 자고새 한 마리에 자기 권리를 넘긴 에서보다도 못하다고. 하지만 배고픔은 참을 수가 없어. 나를 용서해주게, 제프. 멀리서 풍겨오는 햄 튀기는 냄새를 맡았더니 다리가 막 그쪽으로 저절로 움직이고 있어.'

'자네한테는 따듯한 한 끼 식사가 되겠네, 에드 콜리어. 그리고 나쁜 감정은 없네. 나로 말하면, 자주 먹는 사람이라 자네의 곤경을 딱하게 여기네.'

갑자기 바람을 타고 햄 냄새가 확 풍겨왔지. 그러자 세계 최고의 단식가는 코를 킁킁거리더니 음식을 향해 어둠 속으로 달려 나가버렸어.

사랑과 로맨스라면 어떤 상황에서도 정상참작이 가능하다고 늘 주장하는 품위 있게 차려입은 사람들이 거기에서 그 꼴을 보았으면 좋았을 텐데. 수완 좋고 여자 잘 다루는 멋진 남자 에드 콜리어가 마음에 품은 여자를 포기하고 더러운 식당이라도 찾아서 근처로 뛰쳐나가다니. 그건 시인들에 대한 힐책이고 소설의 제일 잘 팔리는 요소를 한 대 먹이는 셈이었지.

텅 빈 위장은 넘쳐흐르는 애정의 확실한 해독제란 말이지.

나는 자연히 메임이 콜리어와 그의 책략에 얼마나 열광했는지 알고 싶어졌네. 전시회장으로 들어가니 거기 그녀가 있었어. 나를 보고 놀란 표정이었지만 뭔가 찔리는 기색은 없었네.

내가 말했지. '아름다운 저녁이군요. 선선한 공기가 아주 쾌적합니다. 별들이 저마다 제자리에서 잘 보이는군요. 살면서 한 번도 서커스 공연 프로그램에는 올라보지 못한 평범한 인간과 산책을 좀 해서 동물 왕국의 부산물을 떨어내보지 않으시렵니까?'

메임은 다 안다는 듯한 눈빛으로 주위를 둘러보았어. 난 그 의미를 알고 있었지.

'아, 이런 말씀을 드리기는 싫지만, 아무것도 먹지 않고 사는 기인은 우리에서 달아나버렸답니다. 조금 전에 천막 밑으로 기어서 빠져나갔어요. 지금쯤은 시내 정육점 절반은 먹어치웠을걸요.'

'에드 콜리어 말인가요?' 메임이 물었지.

'그렇습니다. 다시 범죄의 길로 돌아가다니 딱한 일이지요. 천막 바깥에서 마주쳤는데, 온 세상의 농작물을 다 작살내겠다는 뜻을 드러내더군요. 받침대에 올려놓았던 이상을 내려놓고 메뚜기 떼처럼 먹어치우다니 참으로 슬픈 일이지요.'

메임이 결국 내 속마음이 드러날 때까지 내 눈을 똑바로 쳐다보았네.

그녀가 말했어. '제프, 그렇게 말하다니 당신답지 않아요. 에드 콜리어를 비웃으셔도 저는 아무렇지 않아요. 사람이 비웃을 만한 짓을 할 수도 있죠. 하지만 한 여자 때문에 그런 짓을 했다면 그 여자한테는 우스꽝스럽게 보이지 않아요. 그런 사람은 아주 드물어요. 그는 오로지 나를 기쁘게 하기 위해서 먹기를 그만두었어요. 그에게 다정한 마음을 갖지 않는다면 저는 무정하고 배은망덕한 여자겠지요. 당신이라면 그가 한 일을 할 수 있겠어요?'

나는 요점을 이해했네. '알겠습니다. 제가 욕먹을 짓을 했군요. 어쩔 수 없었어요. 먹는 자의 낙인이 제 이마에 찍혀 있습니다. 이브가 뱀과 거래했을 때 이미 저로서는 어쩔 수 없게 된 일입니다. 저는 불에서 프라이팬으로 떨어졌답니다. 세계 최고의 폭식자는 아마 저일 겁니다.' 나는 겸손하게 말했지. 메임은 좀 누그러졌고.

'에드 콜리어와 저는 좋은 친구예요. 저와 당신처럼요. 그에게도 당신에게 한 것과 같은 대답을 해주었어요. 저는 결혼할 수 없다고요. 에드와 함께 있는 게 좋고 그와 이야기하는 게 좋았어요. 여기 칼과 포크를 절대 쓰지 않는, 그것도 저를 위해 그렇게 하는 남자가 있다고 생각하면 굉장히 기분이 좋았어요.'

내가 그 상황에서 해서는 안 될 질문을 해버렸어. '그를 사랑했던 게 아니었나요? 기인의 부인이 되기로 약속했던 게

아닌가요?'

누구나 가끔은 그런 짓을 하지. 누구나 가끔가다 한 번씩은 유익한 대화에서 빠져나온단 말이야. 메임은 설탕과 얼음 사이를 오가는 작은 레몬 빙하 같은 미소를 띠고는 지나칠 만큼 유쾌한 투로 말했어. '그런 질문을 하기에는 당신은 신용이 부족해요, 피터스 씨. 사십구 일간 단식을 해서 신용을 얻게 된다면 대답해드릴게요.'

그러니까 콜리어가 식욕의 반란에 끌려 나간 후조차 메임과 잘될 가망은 그리 나아지지 않은 것 같더군. 그러던 중 거스리에서 일이 터졌어.

내가 거기에 너무 오래 머물렀던 거야. 내가 팔던 브라질산 다이아몬드도 슬슬 바닥을 보이기 시작했고, 점화기는 습기가 많은 아침에는 불이 잘 안 붙을 때가 많았어. 사업을 하다보면 성공의 별이 이렇게 말하는 때가 반드시 오는 법이지. '다음 도시로 옮겨라.' 나는 당시 작은 마을 하나라도 놓치지 않으려고 마차를 타고 돌아다니고 있었어. 그래서 며칠 후 말을 수레에 매고 메임에게 작별 인사를 하러 갔다네. 게임을 포기한 건 아니었어. 오클라호마시티로 가서 한두 주 일을 좀 볼 생각이었지. 그런 다음 다시 돌아와서 메임에게 새로운 식으로 접근해볼 생각이었어.

두건네 식당에 가보니 메임이 눈에 확 띄는 푸른색 여행복을 입고 문가에 작은 트렁크를 놓고 있더군. 테러호트에서 타자수로 일한다는 언니 로티 벨이 다음 주 목요일에 결혼하기로 해서 메임이 일주일간 결혼식에 참석하러 가는 모양이었어. 메임은 오클라호마로 태워다줄 대형 화물 마차를 기다리고 있었어. 하지만 내가 대형 화물 마차를 비웃으면서 직접 데려다주겠다고 제안했지. 마부야 요금을 받으려 할 테니 메임의 어머니가 그 제안을 물리칠 이유가 없었어. 그래서 삼십분 후 메임과 나는 흰 캔버스 천 커버를 덮은 가벼운 농사용 사륜 짐마차에 올라 남쪽으로 향했지.

그날 아침은 훌륭했어. 산들바람이 기분 좋게 불고, 풀과 잔디 향기가 상쾌했지. 작은 솜꼬리토끼들이 길 건너에서 뛰어다니며 놀고 있었지. 나의 켄터키산 말 두 마리는 지평선을 향해 어찌나 빨리 가던지 지평선이 빨랫줄처럼 보여 피하고 싶어질 정도였다네. 메임은 자기 옛 고향이며 학교 다닐 때 장난쳤던 일, 좋아했던 것, 인디애나 길 건너편 밉살스러웠던 존슨네 딸에 대해 어린아이처럼 재잘재잘 쉬지 않고 떠들었지. 에드 콜리어나 음식 같은 무거운 주제는 단 한마디도 입에 올리지 않았어. 정오쯤 되자 메임은 바구니에 넣어둔 점심거리를 놓고 왔다는 것을 알았지. 그 정도면 나한테는 꽤 식사거리가 되었을 텐데 메임은 먹을 것이 없어도 전혀 아쉬워하지 않는 것 같았어. 그래서 나도 슬퍼하지 않았지. 나에게 그건 아픈 화제였으니까 대화 중에도 음식에 대한 얘기는 피했어.

내가 어쩌다 길을 잃었는지는 길게 설명하지 않겠네. 길이 흐릿하고 잔디가 빽빽이 나 있었어. 내 옆에 메임이 있으니 그쪽으로 온 정신이 다 팔렸고. 변명이 될 수도 있고 안 될 수도 있지. 하여간 나는 길을 잃었고, 해 질 녘에는 오클라호마 시티에 도착했어야 하지만 어딘지 모를 강가를 따라 이리저리 헤매고 있었어. 거기다 비까지 내렸지. 습지에서 고지대의 작은 둔덕 위에 조그마한 통나무집 하나가 눈에 띄었어. 그 주변에는 수풀이 우거지고 인적 없는 숲뿐이었지. 음침한 작은 집이어서 마음에 들지는 않았어. 그래도 하룻밤 보낼 만은 하더라고. 메임에게 그렇게 설명했더니 나더러 알아서 결정하라더군. 그런 상황이라면 여자들이 대개 놀라고 화를 낼 법도 한데, 메임은 괜찮다고 했어. 나도 어쩔 수 없었을 거라면서 말이야.

그 집으로 가보니 빈집이었어. 빈방이 두 개 있더군. 마당에는 가축을 키웠던 것 같은 작은 헛간이 하나 있었고. 헛간 다락에는 오래 묵은 건초가 잔뜩 있었어. 거기에 말을 넣고 건초를 좀 주었어. 말들이 나를 슬픈 눈으로 쳐다보는 게 사과를 기대하는 것 같아서 말이야. 남은 건초는 양팔에 한가득 안고 집으로 가져가서 잠자리를 만들었어. 또 점화기랑 브라질산 다이아몬드를 가져왔어. 둘 다 물을 막아주리라는 보장은 없었지만.

메임과 나는 바닥에 마차용 방석을 놓고 앉았어. 나는 아궁이에 점화기로 불을 붙였지. 밤이 되면 춥거든. 내가 판단하건대, 메임은 그 상황을 즐기고 있었어. 그녀에게는 기분 전환이었던 거야. 다른 식으로 상황을 보게 해주었던 거지. 메임은 많이 웃고 얘기도 잘했어. 점화기 불빛도 그녀의 눈빛에 비하면 희미했지. 나는 주머니 가득 담배를 갖고 있었고, 내가 아는 한 인간이 타락한 적은 없었어. 우리는 에덴동산에 있었어. 비와 어둠 속 어디엔가 시온강이 흘렀고, 불타는 칼을 든 천사는 아직 물러서라는 신호를 주지 않았지. 나는 브라질산 다이아몬드 장신구 상자를 한두 개 열어서 메임에게 걸쳐보게 해주었지. 반지, 브로치, 목걸이, 귀걸이, 팔찌, 허리띠, 로켓이 있었어. 메임은 100만 달러짜리 공주처럼 빛이 나고 반짝거렸지. 급기야 두 뺨에 분홍빛 홍조를 띠고 거울을 애타게 찾았어.

밤이 늦어서 바닥에 메임을 위해 마차에서 가져온 내 무릎담요와 건초로 잠자리를 만들고는 거기 누우라고 했어. 나는 다른 방에서 떨어지는 빗소리를 들으며 담배를 피우면서 장례식 직전까지 70년 동안 한 남자에게 닥칠 수많은 우여곡절에 대해 생각했지.

아침이 오기 전에 깜박 졸았나봐. 눈을 감고 있었거든. 눈을 떴을 때는 날이 밝았어. 메임이 머리를 단정하게 빗고 경탄으로 눈을 빛내며 서 있었어.

'세상에, 제프! 배가 고파요. 뭐든지 먹을 수…….'

고개를 들자 그녀와 눈이 마주쳤어. 메임의 미소가 사라지고 나를 차가운 의혹의 눈길로 바라보더군. 내가 웃음을 터뜨리며 마룻바닥을 굴렀던 거야. 나는 원래 잘 웃는 사람인데, 더 웃을 수 없을 만큼 실컷 웃었어. 메임은 근엄하게 나에게 등을 돌리고 앉아 있었지.

내가 말했어. '화내지 마요, 메임. 나도 어쩔 수 없었어요. 당신이 머리를 단장한 모습이 너무 웃겨서요. 당신도 볼 수 있으면 좋을 텐데!'

메임이 차갑고 신중하게 말했지. '그런 말 할 필요 없어요. 내 머리는 멀쩡해요. 당신이 왜 웃었는지 알아요. 제프, 밖을 봐요.' 메임이 통나무 사이 틈새로 밖을 내다보았지. 나도 나무로 된 작은 창을 열고 밖을 보았어. 강바닥에 온통 물이 불었고, 집이 있는 자리는 폭이 90미터쯤 되는 세차게 흐르는 황토물 한가운데서 섬이 되어 있었지 뭐야. 게다가 아직도 비가 세차게 내리고 있었지. 비둘기가 올리브 가지를 물고 돌아올 때까지 거기 머무는 수밖에 없었지.

얘깃거리도 줄고 분위기도 점차 가라앉아갔어. 메임이 다시 상황을 너무 한쪽으로 치우치게 보고 있다는 것을 알았지만, 바꿀 방법이 없었지. 나는 뭘 먹고 싶은 생각뿐이었어. 해시 브라운 포테이토와 햄의 환각에 시달렸지. 계속해서 속으로 생각했어. '뭘 먹어야 할까, 제프? 웨이터가 오면 뭘 주문하지.' 메뉴판에서 좋아하는 것들을 다 고르고, 그 요리들이 나오는 상상을 했지. 아주 배고픈 사람들이라면 다 그럴 거야. 먹는 것 말고는 다른 아무것도 생각할 수가 없게 된다니까. 불멸이나 국제 평화 같은 문제 대신 부러진 바퀴다리가 달린 작은 테이블과 가짜 우스터소스와 커피 얼룩을 덮은 냅킨이 제일 중요한 문제가 되어버려.

나는 거기 앉아서 스테이크를 어떤 식으로 먹을까, 버섯을 곁들일까, 크리올풍으로 먹을까를 놓고 나 자신과 열띤 토론을 벌이고 있었어. 메임은 한 손으로 머리를 괴고 조용히 앉아 있었지. 나는 마음속으로 말했어. '감자는 홈프라이드로 해주세요. 팬에 해시 브라운 포테이토를 바짝 구워서 수란 아홉 개랑 같이 줘요.' 주머니 속에 땅콩이나 팝콘 알갱이라도 없나 샅샅이 뒤졌지.

다시 밤이 왔지만 여전히 강물 수위가 높았고 비도 계속 내리고 있었어. 메임을 보니 소녀들이 아이스크림 가게를 지나칠 때 같은 절망적인 표정을 하고 있더군. 이 딱한 숙녀가 배가 고프다는 것을 알았어. 아마 평생 처음이었을 거야. 그녀의 눈에는 끼니를 놓쳤거나 치마 뒤쪽 단추가 풀어졌을 때 같은 근심스러운 표정이 떠올랐어.

둘째 날 밤 11시쯤, 우리의 난파한 통나무집에 우울하게 앉아 있었을 때였지. 나는 계속 음식 생각을 떨쳐내려 했지만, 자꾸만 다시 돌아왔지. 내가 들어본 먹을 만한 것들은 다 떠올렸어. 어린 시절로 돌아가 수수를 묻힌 뜨거운 비스킷과 베이컨을 간절하게 기억 속에서 되살렸지. 그다음에는 몇 년을 죽 거슬러 올라와 초록 사과와 소금, 단풍시럽을 뿌린 두툼한 팬케이크, 옥수수죽, 옛날 버지니아식으로 요리한 프라이드 치킨, 옥수숫대에 붙은 옥수수, 돼지갈비와 고구마파이에서 멈추었다가 조지아 브런즈윅 스튜로 마무리했지. 맛있는 것 중에서도 그게 최고야. 그 모든 것으로 만들어지니까 말이지.

흔히들 하는 말로 물에 빠져 죽어가는 순간 전 생애가 눈앞을 파노라마처럼 스쳐 지나간다고 하잖아. 굶주릴 때는 지금까지 먹은 것들의 환영이 눈앞에 펼쳐지더라고. 그 정도가 아니라 새로운 요리까지 고안해낸다니까. 굶어 죽은 사람들의 유언을 모아본다면, 감정을 발견하려면 아주 샅샅이 뒤져야겠지만, 100만 부는 팔릴 요리 책을 엮어낼 수 있을 거야.

음식 생각에 온통 푹 빠져 있었던 게 틀림없어. 그럴 뜻은 아니었는데 나도 모르게 상상 속의 웨이터한테 큰 소리로 말해버렸지 뭐야. '두껍게 썰어주시고 굽기는 레어로 하고, 프렌치프라이랑 계란 여섯 개를 부드럽게 휘저은 스크램블드에그를 토스트 위에 얹어서 주세요.'

메임이 재빨리 고개를 획 돌렸어. 눈을 반짝이더니 갑자기 미소를 짓더군.

그녀가 말했어. '저는 미디엄으로요. 줄리엔•하고 세 개 같

• 잘게 썬 야채를 넣은 묽은 수프.

이 주세요. 생맥주 한 잔하고, 팬케이크는 노릇하게 구워주시고 이 인분 주세요. 오, 제프, 근사하지 않아요! 저는 감자튀김 반 개, 쌀을 곁들인 작은 카레 양념 닭구이, 아이스크림이랑 커스터드 한 컵이랑, 그리고…….'

내가 말을 끊었지. '천천히 해요. 닭간 파이랑 토스트에 바른 콩팥 소테, 양 구이랑…….'

메임이 흥분해서 끼어들었어. '오, 박하 소스랑 칠면조 샐러드, 속을 채운 올리브, 산딸기 타르트랑 또…….'

'계속해요. 튀긴 호박, 달콤한 우유를 곁들인 뜨거운 옥수수빵도 서둘러서 줘요. 하드 소스 뿌린 사과 파이하고 듀베리 파이도 잊지 말고…….'

그래, 십 분 동안 우리는 계속해서 식당 얘기를 늘어놓았지. 음식을 주제로 큰 줄기에서 곁가지까지, 위로 아래로, 앞뒤로 다 훑었다니까. 메임이 게임을 주도했어. 식당 메뉴들을 속속들이 다 알고 있었으니까. 그녀가 요리들을 나열할수록 내 식탐은 더 심해져갔지. 메임이 다시 음식들과 친해질 마음이 생기는 것 같았어. 전보다 먹기의 불쾌한 과학을 덜 경멸스럽게 보는 것 같더라고.

다음 날 아침에 보니 물이 빠졌어. 나는 말들을 준비했고, 위태로운 진창 속을 흙탕물을 튀기며 뚫고 나와서 겨우 다시 길을 찾아냈어. 길을 몇 마일밖에는 벗어나지 않아서 두 시간만에 오클라호마시티에 도착했지. 제일 먼저 우리 눈에 들어

온 것이 큰 식당 간판이었어. 우리는 황급히 식당으로 달려갔지. 거기에서 비로소 나이프와 포크, 접시를 사이에 두고 메임과 같이 앉은 거야. 메임은 경멸하는 것이 아니라 배고파하면서도 다정하게 미소를 지었어.

그곳은 요리 재료가 잘 갖추어진 새 식당이었어. 메뉴판에서 하도 많이 주문했더니 웨이터가 올 사람이 더 있는 줄 알고 마차 쪽을 내다보더라고.

주문한 음식들이 나왔지. 열두 사람은 먹을 만한 성찬이었지만 우리는 열둘 몫을 너끈히 해낼 수 있을 것 같은 기분이었어. 맞은편의 메임을 쳐다보고 미소를 지었어. 옛날 일이 생각났거든. 메임은 처음 갖게 된 태엽 시계를 보는 소년처럼 식탁을 쳐다보고 있지 뭐야. 그러더니 내 얼굴을 똑바로 쳐다보는데, 눈가에 눈물이 그렁그렁하더라고. 웨이터는 음식을 더 가지러 가고 없었지.

메임이 부드럽게 말했어. '제프, 난 정말 바보 같은 여자였어요. 내 생각이 틀렸어요. 이런 허기를 느껴본 건 처음이에요. 남자들은 매일 이런 허기를 느꼈던 거예요? 남자들은 몸집이 크고 강하지요. 온갖 힘든 일을 다 해요. 식당의 바보 같은 웨이터 소녀들을 괴롭히려고 먹는 것이 아니었던 거지요, 제프? 언젠가 당신이 그랬지요. 나한테 물었어요. 당신이 나에게 바랐지요. 제프, 당신이 아직도 좋다면…… 난 기쁘게, 기꺼이 당신과 함께 항상 식탁에 마주 앉을게요. 이제 먹을

것 좀 주세요. 빨리요.'

'그래서 내가 말했듯이 가끔씩은 보는 관점을 좀 바꾸어줄 필요가 있어. 똑같은 저녁 식탁, 욕조, 재봉틀, 늘 같은 것만 보다보면 싫증이 난단 말이지. 다양한 것을 접하게 해줘보라고. 조금만 여행을 하고, 조금만 휴식을 취하고, 힘든 집안일만 하는 게 아니라 조금만 딴짓도 해보게 하라고. 꾸짖고 나서 조금만 어루만져주고, 조금만 속을 뒤집기도 하고 밀쳐내기도 하란 말이야. 그러면 게임을 하는 사람들 전부가 칩을 얻게 될 거라고.'"

녹색의 문

저녁 식사 후 담배를 피우는 십 분 동안, 브로드웨이 거리를 걸으면서 기분을 바꿔줄 비극을 보러 갈지 보드빌 쇼 중에서 진지한 것을 볼지 궁리하는 중이라고 가정해보자. 갑자기 누군가의 손이 당신 팔을 잡는다. 돌아보니 다이아몬드와 러시아산 흑담비 모피로 멋지게 치장한 아름다운 여인의 황홀한 눈과 마주친다. 황급히 여인이 당신의 손에 아주 뜨거운 버터 바른 롤빵 한 조각을 쥐여주고, 작은 가위를 꺼내 당신의 외투에서 두 번째 단추를 뜯어낸다. 그러고는 의미심장하게 "평행사변형!"이라는 말 한마디를 외치고, 두려움에 질린 얼굴로 뒤를 돌아보면서 바람처럼 건너편 길로 사라진다.

이런 것이야말로 진짜 모험이다. 받아들이겠는가? 아니다. 당신은 당황해서 얼굴이 붉어질 것이다. 소심하게 롤빵을 떨어뜨리고 단추가 떨어진 자리를 만지작거리며 브로드웨이를 계속 걸어갈 것이다. 순수한 모험의 정신이 아직 죽지 않은 소수의 사람 중 한 명이 아니라면, 당신은 이렇게 할 것이다.

진정한 모험가들은 늘 많지 않았다. 모험가로 기록에 남겨진 사람들은 대개 새로운 방식을 창안해낸 사업가들이었다. 그들은 황금 양털이든 성배든 귀부인의 사랑이든, 보물, 왕관, 명성, 무엇이든 자신이 원하는 것을 찾아 나섰다. 하지만 진정한 모험가는 딱히 목적이나 계산 없이 미지의 운명을 기꺼이 맞이하고자 나서는 사람들이다. 좋은 예가 성경 속의 돌아온 탕아다.

반쪽짜리 모험가들은 항상 많이 있었다. 용감하고 위대한 사람들이었다. 십자군에서 허드슨강의 팰리세이즈 절벽에 이르기까지, 그런 사람들이 역사와 소설의 예술과 역사소설 업계를 풍요롭게 만들었다. 하지만 그런 이들에게도 다 원하는 상이나 달성하고 싶은 목표, 갈아야 할 도끼, 끝까지 달려야 할 경주, 세 번째 자세로 검을 휘둘러야 할 펜싱 경기, 새기고 싶은 이름, 따져야 할 문제가 있었다. 그러니까 진정한 모험을 좇는 사람들은 아니었다.

대도시에는 항상 영혼의 쌍둥이인 로맨스와 모험이 그에 걸맞은 구혼자들을 찾아 돌아다니고 있다. 거리를 걷노라면 그들이 교활하게 우리를 엿보다가 스무 가지 다른 가장을 하고 도전해온다. 문득 고개를 들어보면 유리창에 우리의 마음속 화랑에 있는 낯익은 초상 같은 얼굴이 보인다. 모두가 잠든 큰길가의 덧문을 내린 텅 빈 집에서 갑자기 고통과 공포에 찬 비명이 들려온다. 택시 운전사가 익숙한 길가가 아니라 낯선 문 앞에서 세워준다. 누군가가 미소를 지으며 문을 열고 들어오라 한다. 뭔가 적힌 종이 한 장이 우연의 높은 격자창에서 우리 발밑으로 나풀나풀 떨어진다. 지나가는 인파 속에서 서두르는 낯선 이들과 순간적인 증오, 애정, 공포의 시선을 교환한다. 소나기가 갑자기 쏟아지고 보름달의 딸이자 행성계의 사촌이 우리 우산 밑으로 비를 피해 들어올 수도 있다. 모퉁이마다 손수건이 떨어지고, 손가락이 손짓하고, 시선들이 에워싼다. 잃어버린, 외로운, 열광적인, 신비스러운, 위험스러운 모험의 실마리들이 우리 손안으로 미끄러져 들어온다. 그러나 우리 중 기꺼이 그 손을 잡고 따라가는 사람은 거의 없다. 우리는 관습에 묶여 뻣뻣해져버렸다. 우리는 그냥 지나쳐 간다. 그렇게 어느 날 지루하기만 했던 삶의 끝에서 우리의 로맨스라는 것도 한두 번의 결혼, 금고 서랍 속에 보관한 공단 장미 장식, 스팀 난방기와의 평생에 걸친 불화 같은 흐리멍덩한 것이었음을 깨닫게 된다.

루돌프 스타이너는 진정한 모험가였다. 하룻저녁이라도 뭔가 색다르거나 엄청난 것을 찾아 침실을 빠져나오지 않는 날이 드물었다. 다음 모퉁이만 돌면 삶에서 가장 흥미로운 것이 기다리고 있을 것만 같았다. 가끔은 어떤 운명이든 무릅쓰려는 의지 탓에 낯선 길로 들어서곤 했다. 경찰서에서 밤을 보낸 적도 두 번 있었다. 돈에 눈먼 재주 좋은 협잡꾼의 사기에 넘어간 것은 한두 번이 아니었다. 감언이설로 꾀는 말에 넘어가 시계와 돈을 잃어버린 적도 있었다. 그러나 그는 여전히 변함없이 열의에 넘쳐 자기 앞에 던져지는 운명의 도전마다 거부하지 않고 신나는 모험의 목록을 받아들였다.

어느 날 저녁 루돌프가 도시 중심가의 오래된 구역을 가로지르는 길을 걷고 있었다. 양쪽 보도를 서둘러 귀가하는 인파가 가득 메웠다. 두 부류의 사람들이었다. 한쪽은 집으로 발길을 재촉했고, 또 한쪽은 휘황하게 촛불을 밝힌 식당 정식의 번지르르한 환영에 이끌려 집을 버리고 헤매고 다녔다.

젊은 모험가는 호감 가는 모습으로 차분히 주위를 경계하며 걸어가고 있었다. 그는 낮에는 피아노 상점에서 판매원으로 일했다. 넥타이를 핀 대신 토파즈가 박힌 고리로 고정했다. 리비 양이 쓴《주니의 애정 테스트》가 자신의 인생에 가장 큰 영향을 미친 책이라고 잡지 편집자에게 보낸 편지에 쓴 적이 있었다.

걸어가는데 보도 위에 놓인 유리 상자 속에서 거칠게 달가닥거리는 이가 처음으로 그의 주의를 끌었다. 그는 꺼림칙한 기분으로 그 상자가 놓인 식당 쪽으로 주의를 돌렸다. 그러나 다시 잘 보니 그 옆의 문 위에 높이 걸린 치과 의사의 간판에 전기로 불을 밝힌 글자가 보였다. 붉은색의 자수로 장식한 외투와 노란 바지의 기묘한 차림으로 군모를 쓴 덩치 큰 흑인이 지나가는 행인들에게 조심스럽게 카드를 나눠주고 있었다.

루돌프에게 이런 식으로 치과를 광고하는 것은 흔한 광경이었다. 보통 그는 치과 광고지 같은 것은 받지 않고 그냥 지나쳤다. 그러나 그날 밤에는 그 아프리카인이 그의 손에 하도 날쌔게 광고를 쥐여주어서 이 능수능란한 솜씨에 슬쩍 미소를 지으며 받았다.

몇 미터 걸어가서 무심하게 카드를 보았다. 그는 깜짝 놀라 카드 뒷면을, 이번에는 관심 있게 들여다보았다. 카드 한 쪽은 아무것도 쓰여 있지 않았고, 다른 쪽에는 잉크로 딱 두 단어가 적혀 있었다. "녹색의 문." 루돌프는 세 걸음쯤 앞에서 지나가는 한 남자가 그 흑인한테서 받은 종이를 버리는 것을 보았다. 루돌프는 그것을 집었다. 거기에는 의사의 이름과 주소, 흔히 볼 수 있는 '의치', '보철,' '치관' 일정과 '통증 없는' 수술을 약속한다는 문구가 적혀 있었다.

모험심 넘치는 피아노 판매원은 모퉁이에 서서 생각에 잠겼다. 그러더니 거리를 건너 한 블록을 걸어 내려가다가 다시 거리를 건너 사람들 틈에 끼었다. 그는 흑인을 처음 보는 척 다시 지나치면서 무심하게 카드를 받았다. 열 걸음쯤 가서 종이를 보았다. 거기에는 처음 받았던 종이에 있던 것과 똑같은 단어가 적혀 있었다. "녹색의 문." 보도 위에는 그를 지나쳐 가거나 뒤따라오는 행인들이 버린 카드가 서너 장 떨어져 있었다. 떨어진 쪽에는 아무것도 쓰여 있지 않았다. 루돌프는 그것들을 뒤집어보았다. 전부 다 치과 진료실을 광고하는 내용뿐이었다.

장난꾸러기 같은 모험의 요정은 자신의 참된 추종자인 루돌프 스타이너를 두 번 손짓해 부를 필요도 없었다. 그런데 두 번이나 그런 일이 일어났으니 모험이 시작된 셈이었다.

루돌프는 달가닥거리는 이 상자 옆에 덩치 큰 흑인이 서 있는 곳으로 천천히 되돌아갔다. 이번에는 지나가면서 카드를 받지 않았다. 이 에티오피아인은 옷차림이 야단스럽고 우스꽝스러웠지만, 특유의 위엄을 띠고 어떤 이들에게는 정중하게 카드를 주고 어떤 이들은 그냥 보냈다. 그는 삼십 초 간격으로 차장이 지껄이는 소리나 그랜드 오페라처럼 뭔가 알아들을 수 없는 말을 주절거렸다. 그런데 이번에는 카드를 주지 않았을 뿐 아니라 빛이 나는 이 거대한 흑인의 얼굴이 루돌프를 경멸에 가까운 차가운 표정으로 보는 것 같았다.

그 표정은 이 모험가를 자극했다. 그는 그 표정에서 자신이 부족하다는 말 없는 비난을 읽었다. 카드에 적힌 신비스러운 단어가 무엇을 의미하건 그 흑인은 인파 속에서 그것을 받을 사람으로 그를 두 번이나 선택했다. 그런데 이제는 수수께끼를 풀 재치와 기백이 부족하다고 그를 비난하는 것만 같았다.

몰려오는 인파 옆으로 비켜서서 젊은이는 틀림없이 모험이 기다리고 있을 건물을 잽싸게 훑어보았다. 5층 건물이었다. 지하에는 작은 식당이 있었다.

지금은 문이 닫힌 1층은 여성용 모자나 모피를 파는 가게 같았다. 깜박이는 전광판이 달린 2층은 치과였다. 그 위로는 손금 보는 사람, 양장점, 음악가, 의사가 있음을 알리는 간판들이 여러 나라 말로 어지럽게 걸려 있었다. 그 위층은 커튼이 쳐져 있고 창틀에 흰 우유병들이 놓여 있는 것으로 보아 가정집들이 있는 듯했다.

다 살펴본 다음 루돌프는 건물에 들어가 잰걸음으로 높은 돌계단을 올라갔다. 그는 카펫이 깔린 계단을 따라 2층까지 계속 올라가서 발을 멈추었다. 복도는 희미한 가스등이 두 개, 하나는 그의 오른쪽으로 멀리, 하나는 왼쪽 가까이에 켜져 있어 어두침침했다. 불 쪽으로 더 가까이 가서 잘 보니 희미한 불빛 속에 녹색의 문이 있었다. 그는 잠시 망설였다. 카드를 나눠주던 아프리카인의 오만불손한 조소가 눈앞에 보이는 듯했다. 그는 녹색의 문으로 곧장 걸어가 힘차게 문을 두드렸다.

대답을 기다리는 동안 진짜 모험의 밭은 숨결을 느낄 수 있었다. 저 녹색의 문 뒤에는 무엇이 있을까! 도박 중인 노름꾼들, 교묘한 기술로 덫을 치고 있는 교활한 악당들, 혹은 용기 있는 자를 사랑하고, 그래서 그런 자를 기다리고 있는 미인, 아니면 위험, 죽음, 사랑, 실망, 조롱…… 이 가운데 어떤 것이 대담무쌍한 노크에 응답할지 몰랐다.

희미한 소리가 안에서 들리고 문이 천천히 열렸다. 아직 스무 살도 안 되어 보이는 여자가 백지장처럼 창백한 얼굴로 비틀거리며 서 있었다. 문손잡이를 놓더니 한 손으로 앞을 더듬으며 비틀거렸다. 루돌프가 그녀를 붙잡아 벽에 기대놓은 색 바랜 긴 의자에 눕혔다. 그는 문을 닫고 깜박이는 가스등 불빛으로 주위를 휙 둘러보았다. 방 안은 아주 깔끔했지만 한눈에도 극도의 궁핍함이 보였다.

여자는 기절한 듯 꼼짝 않고 누워 있었다. 루돌프는 물통을 찾아 미친 듯이 방 안을 둘러보았다. 통 위에 놓고 굴려야 한다. 아니, 아니다. 그건 물에 빠진 사람 얘기다. 그는 모자로 바람을 부쳐주었다. 그의 노력은 성공적이었다. 그녀의 코를 더비 모자챙으로 치는 바람에 그녀가 눈을 뜬 것이다. 그 순간 젊은이는 그녀의 눈이야말로 자신의 마음속에 친숙한 초상들의 화랑에서 잃어버린 얼굴임을 알았다. 솔직해 뵈는 회색 눈에 작은 코는 날렵하게 솟았다. 완두콩 덩굴처럼 곱슬인 밤갈색 머리카락은 근사했던 그의 모든 모험이 닿아야 마땅한 종착지이자 보상인 것 같았다. 하지만 그녀의 얼굴은 몹시 야위었고 핏기 하나 없었다.

여자가 차분히 그를 보더니 미소 지었다. "제가 쓰러졌지요?" 그녀가 말했다. "누군들 안 그렇겠어요? 사흘을 꼬박 굶고 어떻게 되나 보세요."

루돌프가 소리쳤다. "뭐라고요! 금방 돌아올 테니 잠시만 기다리세요."

그는 녹색의 문을 박차고 계단을 내려갔다. 이십 분 후 돌아온 그가 발끝으로 문을 차며 열어달라고 했다. 양팔 가득 식품점과 식당에서 가져온 것들을 안고 있었다. 그것들을 테이블 위에 내려놓았다. 버터 바른 빵, 냉육, 케이크, 파이, 피클, 굴, 통닭구이, 우유, 뜨거운 홍차 한 병도 있었다.

루돌프가 말했다. "밥을 굶다니 그런 바보 같은 짓이 어딨습니까. 그런 짓을 하면 안 돼요. 저녁 준비됐습니다." 그는 여자를 도와 테이블 앞의 의자에 앉히고, 이렇게 물었다. "차를 따를 컵이 있나요?" "저기, 창가 선반에요." 여자가 대답했다. 컵을 들고 돌아와보니 그녀가 탐욕스럽게 눈을 빛내면서 여자의 틀림없는 본능으로 종이봉투에서 찾아낸 커다란 딜• 피클을 먹기 시작했다. 그는 웃으며 그녀한테서 그것을 빼앗고는 우유를 잔에 가득 따랐다. "이것부터 마셔요. 그러고 나서 차를 좀 드시고요. 그다음에 닭 날개를 드세요. 몸이 좋아지면 피클은 내일 드세요. 자, 이제 허락해주신다면 함께 식사를 할까요."

그는 의자를 한 개 더 테이블로 가져와서 앉았다. 차를 마시니 여자의 눈빛이 밝아지고 얼굴에 조금씩 혈색이 돌아오기 시작했다. 그녀는 오랫동안 음식을 먹지 못한 작은 야생동물처럼 조심스러우면서도 맹렬하게 먹었다. 이런 젊은 남자

• 허브의 일종. 흔히 야채로 피클을 만들 때 넣는다.

가 나타나 자기를 도와주는 것을 이상하게 여기지 않는 듯했다. 관습을 무시해서라기보다는 극심한 굶주림 탓에 인위적인 것 따위는 밀쳐놓은 것 같았다. 그러나 서서히 기운이 돌아오고 마음이 놓이면서 관습도 의식하게 되었다. 그녀는 그에게 자신의 대단찮은 사연을 들려주기 시작했다. 이런 도시에서는 매일같이 들을 수 있는 흔한 이야기에 지나지 않았다. 적은 보수를 받고, 그나마도 상점의 이익을 불려주는 '벌금'으로 깎이는 점원의 이야기였다. 병에 걸려 일을 제대로 하지 못하고, 직장을 잃고, 희망도 잃게 된 판국에 녹색의 문을 모험가가 두드려준 것이다.

그러나 루돌프에게는 그 사연이 《일리아드》나 《주니의 애정 테스트》에 나오는 위기만큼이나 엄청난 이야기로 들렸다.

"정말 고생이 심하셨군요!" 그가 말했다.

"정말 힘들었어요." 여자가 엄숙하게 대답했다.

"그러면 이 도시에 친척이나 친구는 없으십니까?"

"아무도 없어요."

"저도 이 세상에 혼자뿐이랍니다." 잠시 머뭇거리던 루돌프가 말했다.

"반갑네요." 여자가 얼른 대답했다. 젊은이는 자신의 의지할 데 없는 처지에 동감해주는 말을 들으니 기뻤다.

갑자기 그녀의 눈꺼풀이 떨어지면서 그녀가 깊은 한숨을 내쉬었다. "졸려 죽겠어요. 기분이 아주 좋아요."

루돌프가 일어나서 모자를 벗었다.

"저는 이만 가봐야겠군요. 푹 주무시는 게 좋을 겁니다."

그가 손을 내밀자 그녀는 그 손을 잡고 인사했다. "안녕히 가세요." 그러나 그녀의 눈이 너무나 절실하게, 너무나 솔직하게 질문을 하고 있어서 그는 말로 그에 답했다.

"내일 좀 나아지셨는지 또 상태를 보러 오겠습니다. 저를 그리 쉽게 떼어내시지는 못할 겁니다."

문가에서 마치 그가 여기에 왔다는 사실에 비하면 어떻게 오게 되었는지는 중요하지 않다는 듯이 그녀는 물었다. "어떻게 해서 제 방문을 두드리시게 된 건가요?"

그는 잠시 그녀를 쳐다보면서 카드를 떠올리고는 갑자기 아프게 질투심을 느꼈다. 그 종이가 자기만큼 모험심 강한 다른 남자의 손에 들어갔다면 어떻게 되었을까? 그는 재빨리 그녀에게 절대 진실을 알려주지 말아야겠다고 마음먹었다. 그녀가 너무나 궁지에 몰린 나머지 이렇게 이상한 방법을 취했음을 자신이 알고 있다고 눈치채게 해서는 안 되었다.

"우리 피아노 조율사 중 한 사람이 이 건물에 살고 있어요. 그의 집으로 잘못 알았습니다." 그가 말했다.

녹색의 문이 닫히기 전 그가 방에서 마지막으로 본 것은 그녀의 미소였다.

그는 계단 위에서 걸음을 멈추고는 이상하다는 듯이 주위를 둘러보았다. 그런 다음 복도 반대편 끝까지 걸어갔다. 다시 돌아와 위층으로 올라가 수수께끼 같은 탐색을 이어나갔다. 건물 안의 문이 전부 다 녹색으로 칠해져 있었다.

그는 의아해하며 다시 거리로 내려왔다. 그 기이한 아프리카인이 아직도 거기 있었다. 루돌프가 손에 카드 두 장을 들고 그의 앞에 섰다.

"왜 나한테 이걸 줬는지, 무슨 의미인지 말해주겠습니까?" 그가 물었다.

흑인이 사람 좋게 씩 웃으며 자신을 고용한 치과에 대한 멋진 광고라고 할 만한 이를 내보였다. "바로 저겁니다, 나리." 그가 거리 쪽을 가리키며 말했다. "하지만 1막에는 좀 늦으시겠군요."

루돌프가 그쪽을 보니 극장 입구 위에 새 연극을 알리는 전광판이 번쩍이고 있었다. 〈녹색의 문〉.

흑인이 말했다. "최고의 공연이라던데요. 극장 관리인이 치과 광고지랑 자기 광고지를 같이 나눠주면 1달러를 주겠다고 해서요. 치과 광고지도 드릴깝쇼?"

루돌프는 자신이 사는 블록 모퉁이에서 발을 멈추고는 맥주 한 잔과 시가를 샀다. 담뱃불을 붙여 물고 밖으로 걸어 나와 외투 단추를 채우고, 모자를 뒤로 젖히고는 모퉁이의 가로등에 대고 확신에 찬 투로 말했다.

"그래도 나를 이끌어 그녀를 만나도록 해준 건 운명의 손이 틀림없어."

이런 상황에서 이렇게 결론 내린 것을 보면, 루돌프 스타이너를 로맨스와 모험의 참된 추종자의 반열에 올려주어야 마땅하다.

물레방아가 있는 교회

레이크랜즈는 근사한 여름 휴양지 목록에는 빠져 있다. 그곳은 클린치강의 작은 지류에 있는 컴벌랜드산맥에서 뻗어 나온 나지막한 산줄기에 자리 잡고 있다. 레이크랜즈는 고적한 협궤 열차 선로에 모여 있는 이십여 채의 집들로 이루어진 마을이다. 소나무 숲속에서 길을 잃은 철도가 무섭기도 하고 외롭기도 해서 레이크랜즈로 뛰어나온 것인지, 아니면 레이크랜즈가 길을 잃고 철길 옆에 웅크리고서 집으로 데려다 줄 열차를 기다리고 있는 건지 모를 일이다.

왜 이름이 레이크랜즈인지도 의문일 것이다. 호수도 없고, 땅은 너무 척박해서 일부러 입에 올릴 만한 것도 없다.

마을에서 500미터쯤 떨어진 곳에 크고 널찍하고 낡은 저택인 이글 하우스가 있다. 조사이아 랭킨이 저렴한 요금으로 산속 공기를 쐬고 싶어 하는 방문객들을 맞기 위해 운영하는 곳이다. 이글 하우스는 관리가 잘 안 되고 있다. 현대적으로 개선하기보다는 다 오래된 것들이며, 자기 집처럼 편리하게 무시하고 마음껏 어지른다. 하지만 깨끗한 방과 맛있고 푸짐한 식사를 즐길 수 있다. 나머지는 소나무 숲과 함께 알아서 해야 한다. 자연은 광천, 포도나무 그네, 크로케를 제공했다. 삼주문까지도 나무다. 예술이라면 시골스러운 별채에서 일주일에 두 번 열리는 댄스파티의 바이올린과 기타 연주로 만족해야 한다.

이글 하우스의 단골손님들은 단순히 즐기려고만 온 것이 아니라 휴양이 꼭 필요해서 찾아온 사람들이다. 바쁜 사람들이라 1년 내내 바퀴가 잘 돌아가게 하려면 이 주 정도 시계태엽을 감아주어야 할 것이다. 아랫동네에서 온 학생들도 있는데, 예술가나 오래된 언덕 지층을 살펴보는 데 푹 빠진 지리학자도 간혹 끼어 있다. 몇몇 조용한 가족들이 거기에서 여름을 보내기도 한다. 레이크랜즈에는 '여선생'으로 알려진 인내심 많은 여성 전도회의 지친 회원 두엇도 자주 왔다.

이글 하우스에서 500미터쯤 떨어진 곳에는 이글 하우스가 안내서를 낸다면 손님들에게 '가볼 만한 곳'으로 묘사할 만한 곳이 있다. 더는 제구실을 하지 못하는 낡디낡은 방앗간이었다. 조사이아 랭킨의 말에 따르면, "미국에서 단 하나뿐인 물레방아가 있는 교회"였다. 그리고 신도석과 파이프 오르간이 있는 방앗간으로는 전 세계에서 유일할 것이다. 이글 하우스의 손님들은 매주 안식일마다 이 낡은 방앗간에 가서 정화된 기독교인을 경험과 고통의 맷돌 사이에서 빻아진 밀가루에 비기는 설교를 들었다.

해마다 가을이 시작될 즈음이면 이글 하우스에 에이브럼 스트롱이 찾아와 한동안 귀한 손님 대접을 받았다. 레이크랜즈에서 그는 '에이브럼 신부님'으로 불렸는데, 머리카락이 온통 백발인 데다 얼굴은 강인하면서도 다정하고 혈색이 좋았다. 유쾌한 웃음을 터뜨렸고, 검은 옷과 챙 넓은 모자는 딱 봐도 신부님 같았다. 새로 온 손님들조차도 사나흘쯤 알고 지내면 그를 이 친근한 호칭으로 불렀다.

에이브럼 신부는 레이크랜즈까지 먼 길을 왔다. 그는 북서부의 크고 시끄러운 도시에서 살았는데, 제분소를 소유하고 있었다. 신도석과 오르간이 있는 작은 방앗간이 아니라 화물열차가 하루 종일 개밋둑을 맴도는 개미처럼 지나가는 거대하고 보기 흉한, 산 같은 제분소였다. 그리고 이제 에이브럼 신부와 교회이기도 한 방앗간에 대한 이야기를 들려줄 때다. 둘의 이야기가 서로 섞이니까.

교회가 방앗간이던 시절, 스트롱 씨는 방앗간 주인이었다. 그 어디에도 그보다 더 행복하고, 밀가루투성이에 바쁘고 즐거운 방앗간 주인은 없었다. 그는 방앗간 길 건너편의 작은 집에서 살았다. 그의 일솜씨는 서툴렀지만 삯이 쌌기 때문에 산악 지역 주민들이 바위투성이 고된 길을 걸어 수 킬로미터

밖에서 곡물을 가져왔다.

방앗간 주인에게 삶의 기쁨은 어린 딸 애글레이아였다. 아마빛 머리카락의 갓 걸음마를 뗀 아기에게는 과한 이름이었지만, 산 주민들은 듣기 좋고 화려한 이름을 좋아했다. 어머니가 책을 읽다가 이 이름을 발견하고 붙여주었다. 애글레이아는 어릴 때는 자기 이름을 아주 싫어해서 '덤스'라고 불러달라고 고집을 부렸다. 방앗간 주인과 아내는 애글레이아가 이 수수께끼 같은 이름을 어디서 가져왔는지 알아내려고 이리저리 떠보았지만 소득이 없었다. 결국 그들은 한 가지 추측에 도달했다. 집 뒤편의 작은 정원에 아이가 특별히 좋아하고 관심을 기울이는 로도덴드론 꽃밭이 있었다. 아이는 '덤스'라는 이름에서 제일 좋아하는 꽃의 어마어마한 이름과 친밀감을 느꼈던 모양이다.

애글레이아가 네 살 때, 아버지는 날씨만 좋으면 어김없이 매일 오후 방앗간에서 작은 공연을 하곤 했다. 저녁 식사가 준비되면 어머니는 딸의 머리를 빗기고 깨끗한 앞치마를 둘러준 다음 방앗간으로 아버지를 불러오라고 보냈다. 방앗간 주인은 딸이 방앗간 문으로 들어오는 모습을 보면 밀가루를 하얗게 덮어쓴 채로 앞으로 나가 손을 흔들며 구절구절 익숙한 늙은 방앗간 주인의 노래를 불렀다.

물레방아 돌아가네

밀가루가 빻아지네

밀가루투성이 방앗간 주인은 즐겁다네

온종일 노래를 부르네

일이 놀이라네

사랑하는 아이 생각에

그러면 애글레이아는 웃음을 터뜨리며 아버지에게 달려갔다. "아빠, 덤스를 집으로 데려다줘요." 방앗간 주인은 딸을 어깨에 목말 태우고 방앗간 주인의 노래를 부르며 저녁을 먹으러 갔다. 매일 저녁 되풀이되는 행사였다.

그런데 애글레이아가 네 번째 생일을 맞은 지 일주일밖에 지나지 않은 어느 날, 아이가 없어졌다. 마지막으로 보았을 때 아이는 집 앞쪽 길가에서 들꽃을 꺾고 있었다. 잠시 후 어머니가 너무 멀리까지 가지 않았나 보려고 나왔을 때 이미 아이는 자취도 없이 사라진 후였다.

아이를 찾기 위해 백방으로 애썼다. 이웃들이 모여서 수 킬로미터 밖까지 주변의 숲과 산속을 수색했다. 그들은 댐 아래 멀리까지 물방아용 도랑과 시내를 샅샅이 뒤졌으나, 아이의 흔적은 전혀 발견되지 않았다. 하루 이틀 전 덤불숲에 한 떠돌이 가족이 노숙을 한 적이 있었다. 그들이 아이를 훔쳐 갔으리라 추측했지만, 그들의 마차를 따라잡아 뒤졌을 때에도 아이는 발견되지 않았다.

방앗간 주인은 2년 가까이 방앗간에 남아 있었지만, 아이를 찾을 거라는 희망은 사라졌다. 그와 아내는 북서부 지방으로 이사했다. 몇 년 후 그는 그 지역의 중요한 제분업 도시 중 한 곳에서 현대적인 제분소를 갖게 되었다. 스트롱 부인은 애글레이아를 잃은 충격에서 결국 벗어나지 못했고, 이사한 지 2년 후 방앗간 주인은 홀로 남아 슬픔을 견뎌야만 했다.

에이브럼 스트롱은 성공하고 나서 레이크랜즈와 옛날 방앗간을 한 번 찾아갔다. 그에게는 슬픈 곳이었지만, 그는 강한 사람이었고 항상 활기차고 친절한 모습을 유지했다. 그때 그에게 낡은 방앗간을 교회로 바꾸자는 아이디어가 떠올랐다. 레이크랜즈는 가난한 동네라 교회를 지을 수 없었다. 훨씬 더 가난한 산동네 사람들은 도움이 되지 못했다. 예배를 드리려면 적어도 30킬로미터는 나가야 했다.

방앗간 주인은 방앗간의 외관은 최소한으로 손댔다. 큰 물레방아는 제자리에 그대로 두었다. 교회에 오는 젊은 사람들은 서서히 썩어가는 부드러운 나무에 자기 머리글자를 새겨 넣곤 했다. 댐 일부가 무너져 깨끗한 산속 시냇물이 바위투성이 바닥에서 잔물결을 일으키며 잘도 흘러갔다. 방앗간 안은 확 바뀌었다. 축과 맷돌과 벨트와 도르래는 물론 모두 제거했다. 통로를 사이에 두고 두 줄로 긴 의자를 놓았고, 끝에는 살짝 높인 단과 설교단을 놓았다. 머리 위 삼면에는 좌석을 달고, 안쪽으로 계단을 두어 올라갈 수 있게 했다. 위층 좌석 쪽에 오르간도 있었다. 진짜 파이프 오르간이었다. 옛 방앗간 교회 회중의 자부심이었다. 피비 서머스 양이 오르간 연주자였다. 레이크랜즈 소년들은 일요일 예배 때마다 자랑스럽게 그녀를 위해 펌프질을 해주었다. 밴브리지 목사가 설교자였다. 그는 늙은 백마를 타고 스쿼럴 갭에서부터 와서 예배를 드렸다. 그리고 에이브럼 스트롱이 이 모든 비용을 다 댔다. 그는 설교자에게 1년에 500달러를 지급했고, 피비 양에게는 200달러를 주었다.

이렇게 옛 방앗간은 애글레이아를 기념해서 그녀가 한때 사랑했던 공동체의 축복으로 바뀌었다. 아이의 짧은 삶은 100년의 세월보다 더 많은 선을 가져다준 것 같았다. 그러나 에이브럼 스트롱은 딸을 추억하는 기념비를 하나 더 세웠다.

서북부에 있는 그의 제분소에서는 가장 튼튼하고 질 좋은 밀로 만든 '애글레이아' 밀가루가 생산되었다. 곧 '애글레이아' 밀가루에는 두 가지 다른 가격표가 붙는다는 사실이 알려졌다. 하나는 시장 최고가였고, 또 하나는 공짜였다.

화재, 홍수, 태풍, 파업, 기근, 그 무엇이든 재난이 일어나 사람들이 빈궁에 빠진 곳에는 '공짜' 가격으로 '애글레이아' 밀가루가 서둘러 풍성하게 보내졌다. 밀가루는 신중하고 주의 깊게 배분되었지만 공짜였다. 배고픈 사람들은 동전 한 푼 낼 필요가 없었다. 도시의 빈민 구역에서 큰불이 나면 소방서장의 마차가 현장에 제일 먼저 오고, 그다음으로 '애글레이아' 밀가루 마차가 오고, 그다음에야 소방차가 온다는 소문이 널리 퍼질 정도였다.

그러니까 이것이 에이브럼 스트롱의 애글레이아를 위한 또 하나의 기념물이었다. 시인의 눈에는 이런 주제는 아름다움을 논하기에는 너무 실용적으로 보일지도 모른다. 하지만 어떤 이들에게는 사랑과 자비의 임무를 띤 이 순수하고, 희고, 깨끗한 밀가루는 그것이 상징하는 잃어버린 아이의 영혼과 비슷하다는 점에서 달콤하고 아름다워 보일 것이다.

컴벌랜드에 힘겨운 한 해가 왔다. 어디서나 곡물이 흉작이었고, 지역 농작물도 전혀 나지 않았다. 산에 홍수까지 일어나 큰 재산 피해를 입혔다. 숲속의 사냥감조차 드물어져서 사냥꾼들은 식솔을 먹여 살릴 것을 집에 가져오기 어려웠다. 특히 레이크랜즈가 타격이 컸다.

에이브럼 스트롱은 이 소식을 듣자마자 전갈을 보냈다. 작은 협궤 열차가 그곳으로 '애글레이아' 밀가루를 보내기 시작했다. 제분소 주인의 명령으로 옛 방앗간 교회 발코니에 밀가루를 보관했다. 교회에 오는 이들 누구나 밀가루를 한 부대씩 집으로 가져갈 수 있었다.

그 일이 있고 이 주 후, 에이브럼 스트롱은 이글 하우스에 연례 방문을 했고, 다시 '에이브럼 신부님'이 되었다.

그 철에 이글 하우스에는 평소보다 손님이 적었다. 그중에 로즈 체스터가 있었다. 체스터 양은 애틀랜타에서 레이크랜즈에 찾아왔는데, 애틀랜타 백화점에서 일했다. 그녀가 평생 처음 받아본 휴가였다. 매장 지배인의 아내가 이글 하우스에서 여름을 보낸 적이 있었다. 그녀는 로즈를 마음에 들어 해서 거기에서 삼 주간의 휴가를 보내라고 권했다. 지배인의 아내가 그녀에게 랭킨 부인 앞으로 편지를 써주어서 부인은 그녀를 반가이 맞아주었다.

체스터 양은 그리 건강하지는 않았다. 스무 살쯤 되었고, 실내 생활을 주로 한 탓에 창백하고 연약했다. 하지만 레이크랜즈에서 일주일을 보내자 얼굴이 밝아지고 활기가 돌면서 몰라보게 변했다. 컴벌랜드가 절정의 아름다움을 뽐내는 9월 초였다. 산의 나뭇잎은 가을색으로 눈부시게 바뀌었고, 대기에서 샴페인 향을 맡을 수 있었다. 밤에는 살짝 서늘해서 이글 하우스의 따스한 담요 속으로 파고들고 싶어졌다.

에이브럼 신부와 체스터 양은 좋은 친구가 되었다. 늙은 방앗간 주인은 랭킨 부인으로부터 그녀의 이야기를 듣고 자기 힘으로 세상을 헤쳐 나아가는 이 가냘프고 외로운 숙녀에게 금세 관심을 갖게 되었다.

체스터 양은 산악 지역에 와본 것이 처음이었다. 그녀는 따듯하고 평지 위주인 애틀랜타에서 오래 살았다. 컴벌랜드의 장엄하고 변화무쌍한 풍경이 그녀를 기쁘게 했다. 그녀는 거기 머무는 모든 순간을 알차게 즐기기로 마음먹었다. 그녀는 보잘것없는 저축을 직장에 복귀할 때 아주 적은 돈만 남기고 어떻게 쓸지 마지막 1페니까지 꼼꼼히 계산해두었다.

체스터 양은 친구이자 벗으로 에이브럼 신부를 알게 되어 운이 좋았다. 그는 레이크랜즈 인근의 산을 구석구석 다 알고 있었다. 그를 통해 체스터 양은 소나무 숲의 그늘지고 경사진 통로들을 거니는 엄숙한 기쁨, 험준한 바위들의 위엄, 수정 같은 아침, 신비스러운 슬픔으로 가득한 꿈결 같은 황금빛 오후를 알게 되었다. 그래서 나날이 건강이 좋아지고 마음이 가벼워졌다. 그녀는 에이브럼 신부의 유명한 웃음소리만큼이나 상냥하고 다정한 웃음을 터뜨렸다. 둘 다 천성이 낙천적이었고, 고요하면서도 활기찬 얼굴로 세상을 대하는 법을 알고 있었다.

하루는 체스터 양이 손님 중 한 명으로부터 에이브럼 신부의 잃어버린 아이 이야기를 들었다. 그녀가 서둘러 나가보니 방앗간 주인이 광천 온천 근처의 가장 좋아하는 녹슨 장의자에 앉아 있었다. 그는 어린 친구가 자기 손을 잡고 눈물이 그렁그렁한 눈으로 쳐다보자 깜짝 놀랐다.

"아, 에이브럼 신부님, 정말 죄송해요! 신부님의 어린 딸 얘기를 오늘에야 들었어요. 언젠가는 꼭 딸을 찾게 되실 거예요. 오, 꼭 그렇게 될 거예요."

방앗간 주인은 미소를 지으며 그녀를 내려다보았다.

그는 평소와 같이 쾌활한 어조로 말했다. "고마워요, 로즈 양. 하지만 애글레이아를 찾을 거라고 기대하지는 않는답니다. 몇 년 동안은 그 애를 부랑자들이 훔쳐 가서 아직 살아 있을 거라 믿었지요. 하지만 이제는 그 희망도 잃어버렸어요. 물에 빠져 죽었을 거라고 생각해요."

체스터 양이 말했다. "그렇게 생각하시는 것도 충분히 이해해요. 그렇지만 신부님은 기운을 잃지 않고 다른 사람들의 짐을 덜어주고 계시잖아요. 선량하신 에이브럼 신부님!"

"선량한 로즈 양!" 방앗간 주인이 그녀의 말투를 흉내 냈다. "당신보다 더 남들 생각을 해주는 사람이 또 누가 있겠어요?"

체스터 양은 갑자기 변덕스러운 기분에 사로잡혔다.

"아, 에이브럼 신부님, 제가 신부님의 딸로 밝혀진다면 얼마나 멋질까요? 낭만적이지 않아요? 그리고 신부님은 저를 딸로 받아들이고 싶지 않으세요?"

방앗간 주인이 다정하게 말했다. "정말로 그러고 싶지요. 애글레이아가 살아 있어서 꼭 당신 같은 처녀로 자랐다면 내가 더 바랄 게 없을 거요. 어쩌면 당신이 애글레이아인지도 모르지." 그는 그녀의 장난기 어린 기분에 함께 젖어서 말을 계속했다. "우리가 방앗간에서 살았던 시절이 기억 안 나나요?"

체스터 양은 금세 진지하게 생각에 잠겼다. 그녀의 큰 눈이 뭔가 멀리 있는 것을 멍하니 바라보았다. 에이브럼 신부는 그녀가 금세 진지해진 데 재미있어했다. 그녀는 한참을 가만히 앉아 있더니 입을 열었다.

그녀가 드디어 긴 한숨을 내쉬며 말했다. "아뇨, 방앗간과 관련된 기억은 전혀 없어요. 신부님의 재미있는 작은 교회를 보기 전까지는 평생 밀 방앗간을 본 적도 없어요. 제가 신부님의 어린 딸이라면 기억이 날 텐데 말이죠. 그렇지 않아요? 정말 죄송해요, 에이브럼 신부님."

에이브럼 신부가 그녀의 기분을 맞춰주었다. "나도 유감이에요. 하지만 내 어린 딸이라는 기억을 떠올릴 수 없다면, 다른 사람의 기억은 떠올릴 수 있겠지요. 당연히 당신의 부모는 기억할 테지요."

"아, 그래요. 부모님은 아주 잘 기억하고 있어요. 특히 저희 아버지요. 신부님하고는 하나도 닮은 데가 없었어요. 그냥 한번 상상해본 거예요. 자, 이제 충분히 쉬었어요. 저한테 오늘 오후에 송어가 노는 웅덩이를 보여주신다고 약속하셨잖아요. 저는 송어를 한 번도 본 적이 없어요."

어느 늦은 오후, 에이브럼 신부는 혼자 옛 방앗간으로 향했다. 그는 종종 거기 앉아서 길 건너 작은 집에서 살던 옛 시절을 생각하곤 했다. 시간이 날카롭던 그의 슬픔을 무디게 해주어서 더는 그 시절을 추억해도 고통스럽지 않았다. 그러나 에이브럼 스트롱이 우울한 9월 오후 '덤스'가 매일 노란 곱슬머리를 휘날리며 달려오던 곳에 앉아 있을 때면, 레이크랜즈가 항상 그의 얼굴에서 보았던 미소는 없었다.

방앗간 주인은 천천히 구불구불한 가파른 길을 올라갔다.

나무들이 길 끝에 너무 울창하게 우거져서 모자를 손에 벗어 들고 그늘 속으로 걸어 들어갔다. 다람쥐들이 오른편에서 낡은 울타리 위를 신나게 달려갔다. 메추라기들은 밀밭 그루터기 속에서 새끼들을 부르고 있었다. 저물어가는 해가 서쪽으로 열린 산골짜기에서 희미한 황금 햇살을 쏟아냈다. 9월 초! 이제 며칠 후면 애글레이아가 사라졌던 그날이었다.

담쟁이덩굴에 반쯤 덮인 낡은 물레방아에 나무들 사이로 따듯한 햇살 조각이 떨어졌다. 길 건너 작은 집은 아직 그대로였지만 다음 겨울에 산의 돌풍이 불어오면 틀림없이 무너져버릴 것이다. 나팔꽃과 야생 박 덩굴이 집을 온통 뒤덮었고, 문짝은 한쪽이 떨어져 덜렁거렸다.

에이브럼 신부는 방앗간 문을 열고 조심스레 안으로 들어갔다. 그러고는 그 자리에 서서 의아해했다. 누군가 안에서 슬픔을 가누지 못하고 흐느끼는 소리가 들려왔던 것이다. 안을 보니 체스터 양이 어둠침침한 신도석에 고개를 푹 숙이고 앉아 있었다. 그녀의 손에는 뜯긴 편지 봉투가 들려 있었다.

에이브럼 신부가 그녀에게 다가가 억센 한 손으로 그녀의 손을 꼭 잡았다. 그녀는 고개를 들고 그의 이름을 작게 부르고는 더 말을 하려 했으나 목소리가 잘 나오지 않았다.

방앗간 주인이 다정하게 말했다. "괜찮아요, 로즈 양. 천천히 말해요. 기분이 우울할 때는 조용히 좀 우는 게 제일이에요."

슬픔에 대해 너무나 많은 것을 알고 있는 늙은 방앗간 주인은 다른 사람들로부터 슬픔을 몰아내는 데에는 마법사 같았다. 체스터 양의 흐느낌이 잦아들었다. 곧 그녀는 작은 손수건을 꺼내 에이브럼 신부의 큰 손에 떨어진 눈물 자국을 닦아주었다. 그러고는 고개를 들어 아직도 눈물이 가득한 눈으로 미소를 지었다. 에이브럼 신부가 슬픔 속에서도 미소 지을 수 있듯이 체스터 양도 항상 눈물이 마르기 전에 웃을 수 있었다. 그 점에서 둘은 아주 많이 닮았다.

방앗간 주인은 그녀에게 아무것도 묻지 않았다. 그러나 곧 체스터 양이 이야기를 시작했다.

젊은이들에게는 항상 너무나 크고 중요하게 느껴지고, 노인들에게는 추억에 잠긴 미소를 짓게 하는 해묵은 이야기였다. 짐작대로 사랑에 대한 이야기였다. 애틀랜타에 선량하고 점잖은 한 젊은이가 있었다. 그는 애틀랜타든, 그린란드에서 파타고니아까지 그 어디에서든 체스터 양 또한 그 누구보다도 더 이런 훌륭한 자질을 가진 사람이라는 것을 알았다. 그녀는 에이브럼 신부에게 자신이 울면서 읽고 있던 편지를 보여주었다. 선량하고 점잖은 젊은이가 쓴 편지답게 남자답고 다정하면서 조금은 과장되고 절박한 어조였다. 그는 체스터 양에게 당장 결혼하자고 했다. 그녀가 떠나고 삼 주 동안 견딜 수 없었다고 했다. 그는 즉시 답을 달라고 졸랐다. 그녀도 좋다면 협궤 열차 철도 따위는 무시하고 당장 레이크랜즈로 날아가겠다고 약속했다.

“그럼 뭐가 문제인 거지요?” 방앗간 주인이 편지를 다 읽고 나서 물었다.

“저는 그이와 결혼할 수 없어요.” 체스터 양이 말했다.

“그 사람과 결혼하고 싶은가요?” 에이브럼 신부가 물었다.

“아, 저는 그를 사랑해요. 하지만…….” 그녀는 고개를 푹 숙이고 다시 흐느꼈다.

“자, 로즈 양, 솔직히 털어놓아도 괜찮아요. 캐묻지는 않겠지만 나를 믿어도 좋아요.”

“신부님을 믿어요. 제가 랠프를 거부할 수밖에 없는 이유를 말씀드릴게요. 저는 아무것도 아니에요. 이름조차 없어요. 제 이름이라고 했던 건 거짓말이에요. 랠프는 좋은 집안 사람이에요. 저는 진심으로 그를 사랑하지만 그의 아내가 될 수는 없어요.”

에이브럼 신부가 말했다. “그게 무슨 소리예요? 당신은 부모님을 기억한다고 했잖아요. 왜 이름이 없다고 하나요? 이해가 안 되는데.”

“부모님을 기억하기는 해요. 너무나 잘 기억하고 있지요. 제 첫 기억은 먼 남부 어디선가 살았던 거예요. 우리는 다른 마을, 다른 주로 자주 이사를 다녔어요. 저는 면화를 따고, 공장에서도 일했고, 먹을 것과 입을 것이 부족할 때도 많았어요. 어머니는 가끔은 저에게 잘해주셨지만 아버지는 항상 가혹했고 저를 때렸어요. 두 분 다 게으르고 어디 한 군데 정착

하질 못하셨어요.

애틀랜타 근처 강가의 작은 마을에서 살던 시절, 어느 날 밤 두 분이 크게 싸우셨어요. 서로 비웃고 욕설을 퍼붓던 중에 그제야 알게 되었어요……. 아, 에이브럼 신부님, 저는 존재할 권리조차 없었던 거예요. 무슨 말인지 아시겠어요? 저는 이름조차 가질 권리가 없었어요. 저는 아무도 아니었어요.

그날 밤 저는 도망쳤어요. 애틀랜타까지 걸어가서 일자리를 찾았어요. 저 스스로 로즈 체스터라는 이름을 지었고, 그 후로 제 손으로 생계를 꾸리고 살았어요. 이제 왜 제가 랠프와 결혼할 수 없는지 아시겠지요……. 아, 그이한테는 절대 이유를 말 못 해요."

그녀의 비통함을 보면서 에이브럼 신부가 느낀 감정은 동정보다 낫고, 연민보다 더 유용한 것이었다.

그가 말했다. "자, 저런, 저런! 난 또 뭐 큰일이라도 난 줄 알았군. 그런 완벽한 젊은이가 진짜 남자라면 당신 족보를 가지고 뭐 하나라도 흠잡으려 하지는 않을 거요. 로즈 양, 내 말 잘 들어요. 그 사람이 좋아하는 건 당신이에요. 그에게 지금 나한테 말한 것처럼 솔직하게 말해요. 내 장담하는데 당신 이야기를 듣고 껄껄 웃고는 그것 때문에 당신을 더 소중히 여겨주게 될 거예요."

체스터 양이 슬프게 말했다. "죽어도 얘기 못 해요. 그 사람하고든 누구든 결혼하지 않을 거예요. 저는 그럴 자격이 없어요."

그때 그들은 햇살이 내리쬐는 길에 긴 그림자가 끄덕이며 올라오는 것을 보았다. 그러더니 그보다 짧은 그림자가 그 옆에 까딱이며 올라왔다. 곧 낯선 사람 둘이 교회로 들어왔다. 긴 그림자는 연습하러 온 오르간 연주자인 피비 서머스 양이었다. 열두 살 소년 토미 티그가 더 짧은 그림자의 주인이었다. 오늘은 토미가 피비 양을 위해 오르간에 펌프질을 해주는 날이었다. 그의 맨 발가락이 길에서 자랑스럽게 먼지를 일으켰다.

라일락 무늬가 자잘하게 놓인 사라사 면 드레스를 입고 양쪽 귓가에 작은 곱슬머리를 드리운 피비 양은 에이브럼 신부에게 고개 숙여 인사를 하고 체스터 양을 향해 격식을 갖춰 곱슬머리를 흔들며 인사했다. 그런 다음 조수와 함께 오르간이 놓인 층으로 가파른 계단을 올라갔다.

아래층의 그림자 속에서 에이브럼 신부와 체스터 양은 좀 더 머물렀다. 둘 다 말이 없었다. 각자 자기의 기억을 되새기는 데 푹 빠져 있었다. 에이브럼 신부는 신도석에 서서 문밖으로 길과 허물어져가는 집을 내다보며 생각에 잠겼다.

갑자기 그에게 그 장면이 20여 년 전의 과거 모습으로 바뀌었다. 토미가 펌프질을 하자 피비 양이 저음을 치면서 오르간이 먹은 공기 양을 테스트해보고 있었기 때문일 것이다. 에이브럼 신부가 손을 댄 교회의 모습은 사라졌다. 작은 목조건물을 흔드는 깊은 떨림은 오르간에서 나오는 음이 아니라 물레방아가 윙윙대는 소리였다. 그는 낡은 물레방아가 돌고 있고, 자신이 다시 옛날의 산 방앗간의 밀가루투성이 즐거운 방앗간 주인으로 되돌아갔다고 느꼈다. 이제 저녁이 되었고 곧 애글레이아가 신이 나서 저녁을 먹으러 오라고 그를 부르러 아장아장 길을 건너올 것이다. 에이브럼 신부의 눈길이 오두막의 부서진 문에 가서 멎었다.

그때 또 다른 기적이 일어났다. 머리 위 발코니에 밀가루 부대가 높이 쌓여 있었다. 아마 쥐가 그중 하나에 있었던가보다. 하여튼 깊이 퍼지는 오르간 음의 울림에 흔들려 회랑 바닥의 틈 사이로 밀가루가 떨어지면서 에이브럼 신부를 머리부터 발끝까지 하얗게 덮어버렸다. 그러자 늙은 방앗간 주인은 통로로 나와서 양팔을 흔들며 방앗간 주인의 노래를 부르기 시작했다.

물레방아 돌아가네
밀가루가 빻아지네
밀가루투성이 방앗간 주인은 즐겁다네
온종일 노래를 부르네
일이 놀이라네
사랑하는 아이 생각에

그러자 나머지 기적이 일어났다. 체스터 양이 밀가루처럼 새하얘진 얼굴로 신도석에서 몸을 앞으로 내밀고는 백일몽을 꾸는 사람처럼 눈을 크게 뜨고 에이브럼 신부를 쳐다보았다. 그가 노래를 부르기 시작하자 그녀는 그에게 팔을 뻗었다. 그녀의 입술이 움직였다. 꿈꾸는 듯한 어조로 그에게 외쳤다. "아빠, 덤스를 집으로 데려다줘요!"

피비 양은 오르간의 낮은 건반에서 손을 떼었다. 그러나 그녀는 제 할 일을 잘 끝냈다. 그녀가 친 음이 닫힌 기억의 문을 부수어 연 것이다. 에이브럼 신부는 잃어버렸던 애글레이아를 품에 꼭 안았다.

레이크랜즈를 방문할 일이 있으면 이 이야기를 더 들을 수 있을 것이다. 사람들은 그 후의 일이 어떻게 되었는지, 9월의 어느 날 집시 떠돌이들이 방앗간 주인의 딸의 미모에 끌려 어린 그녀를 훔쳐 간 사연을 들려줄 것이다. 그러나 먼저 이글 하우스의 그늘진 현관에 자리를 잡고 앉아야 한다. 그러면 그 이야기를 편안하게 들을 수 있다. 피비 양의 깊은 베이스 음이 아직도 부드럽게 울릴 동안 그 이야기를 끝내는 것이 가장 좋을 것이다.

그러나 내 생각에 이 모든 이야기 중에서 가장 좋은 일은 에이브럼 신부와 그의 딸이 긴 황혼 속에서 말도 제대로 하지 못할 만큼 기쁨에 차서 이글 하우스로 돌아오는 동안 있었다.

그녀가 조금은 수줍게 머뭇거리며 말했다. "아버지, 아버지는 돈이 많으세요?"

방앗간 주인이 말했다. "돈이 많으냐고? 글쎄, 생각하기 나름이지. 네가 달 같은 걸 사달라고 하지만 않는다면야."

수중에 있는 동전 한 닢까지 항상 아주 세심하게 헤아리는 애글레이아가 물었다. "애틀랜타에 전보를 보내려면 돈이 아주, 아주 많이 들까요?"

에이브럼 신부가 가볍게 한숨을 내쉬었다. "아, 알겠다. 랠프를 부르고 싶은 게로구나."

"그이한테 기다려달라고 하려고요. 이제 막 아버지를 찾았으니 한동안은 둘이서만 지내고 싶어요. 좀 기다려달라고 말하고 싶어요."

해설

우리를 절망과 불행에서 구원하는 것

단편소설을 즐겨 읽지 않거나 고전을 그다지 가까이하지 않는 사람들이라도 〈크리스마스 선물〉과 〈마지막 잎새〉 정도는 알 것이다. 미국의 단편소설 작가 오 헨리는 그 정도로 우리에게 친숙하다. 오 헨리의 단편들은 이미 우리나라에 오랜 세월에 걸쳐 많이 소개되어왔지만, 이 선집은 그의 많은 작품 중에서도 음식과 관련된 재미있는 단편들을 가려 뽑았다는 점에서 특별하다.

1862년 노스캐롤라이나에서 출생한 오 헨리는 1899년 〈라버 캐니언의 기적〉으로 데뷔한 이래로 1910년 마흔여덟 살의 아직 젊은 나이로 사망하기까지 모두 381편의 단편소설을 쓰고 십여 권의 소설집을 냈다. 특이하게도 그는 평생 다른 장르에는 거의 손대지 않고 단편만을 썼는데, 이는 어느 정도는 짧은 글을 빨리 써서 잡지에 실어 돈을 벌어야 하는 사정 탓도 있었을 것이다. 그는 1903년《선데이 월드》라는 신문과 일주일에 한 편씩 단편을 싣기로 계약을 맺고 1904년 한 해에만 65편을 쓰기도 했다. 그러나 단편소설이 큰 인기를 끌고 작가로서 성공을 거둔 후에도 단편만을 썼던 것을 보면, 기법이나 주제 등 여러 가지 면에서 단편을 쓰는 데 최적화된 작가였던 셈이다.

오 헨리는 세 살 때 어머니를 여의고 알코올 중독인 아버지 밑에서 제대로 보살핌을 받지 못한 채 비교적 불우한 어린 시절을 보냈다. 고등학교도 도중에 그만두어 정규교육도 제대로 받지 못했다. 이리저리 떠돌아다니며 텍사스의 대초원에서 목동과 우편배달부로 일하기도 하고, 1894년에는《롤링 스톤》이라는 주간지를 내기도 했으나 1년 만에 폐간했다. 반대를 무릅쓰고 결혼한 열일곱 살의 아내 애솔 에스티스는 결핵으로 일찍 사망했다. 아내가 병으로 죽어갈 때, 그는 은행에서 일하다가 공금을 횡령한 혐의를 받고 온두라스로 도피해 있던 중이었다. 그는 죽어가는 아내를 보기 위해 돌아왔다가 결국 체포되어 3년간 교도소에서 복역했다.

이처럼 작가로 이름을 얻기 전까지 그의 삶은 신산했다. 한 곳에 뿌리내리고 안정된 삶을 살기보다는 실패와 불행이 이어졌다. 그러나 그의 다사다난한 삶에서 얻은 경험들이 작가로서는 창작의 밑천이 되어주었다. 그는 학업을 중단하고 삼촌의 약국에서 조수로 일하면서 열아홉 살에 약사 자격증을

취득했는데, 약사로 일한 경험은 이 책에 실린 단편 중 〈아이키 쇼언스타인의 사랑의 미약〉에 녹아 있다. 또한 〈피미엔타 팬케이크〉나 〈식탁 위의 큐피드〉에서는 텍사스 대초원에서 생활했던 경험을 엿볼 수 있다. 그 밖에도 그의 소설에는 가난한 밑바닥 사람들이 많이 등장하는데, 이 또한 한때 교도소까지 다녀와야 했던 고단했던 삶이 영향을 주었을 것이다. 〈경찰과 찬송가〉나 〈추수감사절의 두 신사〉, 〈매디슨 스퀘어의 아라비안나이트〉에서 하룻밤 잠자리와 한 끼 먹을 것을 구하는 노숙자들. 그리니치빌리지에서 삽화를 그리며 근근이 생계를 꾸려가는 〈마지막 잎새〉의 가난한 화가들. 한 주에 8달러 세를 내는 가구 딸린 셋방에서 주급 20달러로 스물두 살 어린 나이에 가장 노릇을 하는 〈크리스마스 선물〉의 짐. 유일한 일거리인 식당 메뉴판 만들기로 겨우 끼니를 해결하는 〈식탁 위의 봄날〉의 세라. 오 헨리의 작품 속에는 도시에서 가진 것 없이 생존을 위해 힘겹게 버티는 소시민들이 주로 등장한다. 시인 베이철 린지가 그를 "보잘것없는 점원 아가씨들의 기사"라고 불렀을 정도다.

하지만 그들의 삶이 대도시의 냉혹하고 무정한 정글 속에서 가혹한 생존경쟁에 짓밟히는 비참한 모습은 아니다. 오히려 오 헨리는 뉴욕이라는 도시를 사랑했고, 그 도시에 사는 평범한 사람들 하나하나의 삶을 애정과 관심을 가지고 들여다보았다. 그는 감옥에서 출소한 후 1902년 뉴욕으로 이주해

죽을 때까지 그곳에서 살았다. 그는 죽기 전 마지막으로 "뉴욕시를 바라볼 수 있도록 창문의 커튼을 걷어주세요. 어둠 속에서 집에 돌아가고 싶지는 않으니까"라고 말했다고 한다. 그에게 뉴욕은 제2의 고향이었다. 그는 "뉴욕시에서 알 만한 가치가 있는 사람은 다 해도 사백 명밖에는 되지 않는다"라는 변호사 워드 매캘리스터의 말에 "사백 명이 아니라 사백만 명은 된다"라고 반박하기도 했다. 당시 뉴욕시 전체 인구가 사백만 명이었으니 그의 말은 뉴욕 시민 중 무시해도 좋을 사람은 한 명도 없다는 뜻일 것이다. 그는 심지어 한 작품집에 '사백만 명'이라는 제목을 붙이기도 했다.

그의 소설 속에 등장하는 뉴욕 시민들은 비록 궁핍하고 초라해도 사랑하는 사람들의 존재에서 온기와 희망을 얻는다. 〈마지막 잎새〉의 가난한 젊은 화가들에게는 그들의 일을 자기 일처럼 걱정해주는 괴짜 노인이 있고, 〈크리스마스 선물〉의 짐과 델라에게는 자신의 가장 소중한 보물을 기꺼이 내놓을 수 있는 서로가 있다. 없는 사람들이 살아가기에 결코 녹록지는 않지만 인정이 살아 있는 도시 뉴욕에 대한 오 헨리의 묘사는 정감이 넘친다. 이는 대공황과 같은 경제 불황이 닥치고 빈부 격차가 극단적으로 벌어지기 이전인 1910년까지의 기간이 배경인 덕도 클 것이다. 오 헨리의 시선에는 어떤 어려움에도 그들이 완전히 좌절하거나 무너지는 일은 없을 것이라는 낙천적인 믿음이 있다. 이러한 낙천성과 따듯함이 오 헨리의 단편들을 그토록 오랜 시간 많은 이에게 사랑받게 만든 이유일 것이다. 그런 점에서 오 헨리의 사실주의는 그보다 좀 뒤 세대 작가들이지만 시어도어 드라이저, 프랭크 노리스 같은 자연주의 작가들과는 차별화된다.

오 헨리는 대도시의 부패와 타락과 같은 어두운 면을 비판적으로 그리기보다는 평범한 뉴욕 사람들의 소소한 일상과 그 속에서의 희로애락을 주로 다루었다. 어디에서 그렇게 다양한 작품의 플롯을 얻느냐는 편집자의 질문에 오 헨리가 이렇게 대답했다는 일화가 있다. "눈을 돌리는 곳마다 이야깃거리가 있지요. 세상만사가 모두 작품의 소재가 됩니다." 그는 식탁 위에 놓인 메뉴판을 집어 들며 이렇게 말했다. "바로 이 메뉴에도 이야깃거리가 있지요." 그러고는 〈식탁 위의 봄날〉의 줄거리를 들려주었다고 한다.

이처럼 보통 사람들의 사소한 일상에 깊은 관심을 가졌기 때문에 그의 작품에서는 음식들이 중요한 소재로 쓰이는 경우가 많다. 소설 속 많은 장면에서 등장인물들이 무엇을 먹고 무슨 요리를 하는지 세세히 묘사되고, 구체적인 요리명과 재료들이 거론된다. 이러한 음식 이야기들은 그의 작품에 1910년대 뉴욕 시민들의 일상을 눈앞에 떠올리게 하는 생생함과 구체성을 부여한다. 더 나아가 그의 소설 속의 음식들은 음식을 요리하고 먹고 나누면서 사람들 간에 형성되는 관계의 친밀성과 온기를 상징한다. 〈하그레이브스의 연기〉에서 남부 스타일의 줄렙을 정성껏 만들어 대접하고, 〈힘들게 얻은 과일의 작은 흠집〉의 권투선수는 신혼의 아내를 위해 복숭아 한 개를 찾아 밤거리를 헤맨다. 〈녹색의 문〉의 젊은이는 초면이지만 오래 굶주린 것이 분명해 보이는 아가씨를 위해 한달음에 두 팔 가득 먹을 것을 구해 온다. 음식을 나누면서 서로를 이해하고 정이 쌓인다. 오 헨리는 누군가와 함께 '먹는다'는 이 가장 기본적인 일상의 행위가 우리를 절망과 불행에서 구원한다는 것을 알고 있다.

그렇기에 "나는 우울할 때 오 헨리를 읽는다"라는 그의 전기 작가 로버트 데이비드의 말에 동의할 수 있을 것이다. 오 헨리는 대중적 인기에 비해 비평 면에서는 그리 좋은 평가를 받지 못했다. 그의 단편은 소설의 전개가 지나치게 우연에 의존한다는 비판을 받았다. 〈물레방아가 있는 교회〉, 〈아르카디아의 단기 투숙객들〉, 〈식탁 위의 봄날〉 모두 등장인물의 우연한 만남이 플롯을 전개하는 가장 중요한 계기로 작용한다. 또한 그의 단편에 예외 없이 등장하는 반전은 '오 헨리 트위스트'라는 용어를 만들어낼 정도로 오 헨리의 전매특허가 되었지만, 과도한 반전이 억지스럽게 보이는 경우도 있다. 하지만 이러한 비판조차 오 헨리의 소설이 가진 특유의 매력을 떨어트리지는 못한다. 그런 비판을 다 받아들이더라도 애글레이아 부녀의 극적인 재회 장면에서 눈시울이 뜨거워지고, 연인들의 감격스러운 만남에 미소가 지어지는 것은 어쩔 수 없다. 예상치 못한 곳에서 허를 찌르는 의외의 반전은 언제 읽어도 흥미롭다. 100여 년 전의 대도시 뉴욕의 풍경과 그곳 사람들을 보는 다정한 시선, 그리고 언제나 재치 있는 반전으로 끝맺는 능수능란한 전개는 오 헨리의 작품이 갖는 바래지 않는 매력이다.

송은주

휴머니스트 세계문학 026

식탁 위의 봄날

1판 1쇄 발행일 2023년 12월 18일

지은이 오 헨리
옮긴이 송은주

발행인 김학원
발행처 (주)휴머니스트출판그룹
출판등록 제313-2007-000007호(2007년 1월 5일)
주소 (03991) 서울시 마포구 동교로23길 76(연남동)
전화 02-335-4422 **팩스** 02-334-3427
저자·독자 서비스 humanist@humanistbooks.com
홈페이지 www.humanistbooks.com
유튜브 youtube.com/user/humanistma **포스트** post.naver.com/hmcv
페이스북 facebook.com/hmcv2001 **인스타그램** @booook.h

편집주간 황서현 **편집** 이성근 김대일 김선경 **디자인** 김태형 차민지
조판 아틀리에 **용지** 화인페이퍼 **인쇄·제본** 정민문화사

ISBN 979-11-7087-083-8 04840
979-11-6080-785-1 (세트)

휴머니스트 세계문학

시즌 1. **여성과 공포**

001 프랑켄슈타인
메리 셸리 | 박아람 옮김

002 회색 여인
엘리자베스 개스켈 | 이리나 옮김

003 석류의 씨
이디스 워튼 | 송은주 옮김

004 사악한 목소리
버넌 리 | 김선형 옮김

005 초대받지 못한 자
도러시 매카들 | 이나경 옮김

시즌 2. **이국의 사랑**

006 베네치아에서의 죽음 · 토니오 크뢰거
토마스 만 | 김인순 옮김

007 그녀와 그
조르주 상드 | 조재룡 옮김

008 녹색의 장원
윌리엄 허드슨 | 김선형 옮김

009 폴과 비르지니
베르나르댕 드 생피에르 | 김현준 옮김

010 도즈워스
싱클레어 루이스 | 이나경 옮김

시즌 3. **질투와 복수**

011 폭풍의 언덕
에밀리 브론테 | 황유원 옮김

012 동 카즈무후
마샤두 지 아시스 | 임소라 옮김

013 미친 장난감
로베르토 아를트 | 엄지영 옮김

014 너희들 무덤에 침을 뱉으마
보리스 비앙 | 이재형 옮김

015 밸런트레이 귀공자
로버트 루이스 스티븐슨 | 이미애 옮김

시즌 4. **결정적 한순간**

016 노인과 바다
어니스트 헤밍웨이 | 황유원 옮김

017 데미안
헤르만 헤세 | 이노은 옮김

018 여행자와 달빛
세르브 언털 | 김보국 옮김

019 악의 길
그라치아 델레다 | 이현경 옮김

020 위대한 앰버슨가
부스 타킹턴 | 최민우 옮김

시즌 5. **할머니라는 세계**

021 도련님
나쓰메 소세키 | 정수윤 옮김

022 사라진 모든 열정
비타 색빌웨스트 | 정소영 옮김

023 4월의 유혹
엘리자베스 폰 아르님 | 이리나 옮김

024 마마 블랑카의 회고록
테레사 데 라 파라 | 엄지영 옮김

025 불쌍한 캐럴라인
위니프리드 홀트비 | 정주연 옮김